聖女と皇王の誓約結婚 1

恥ずかしいので聖女《わたし》の自慢話はしないでくださいね…！

石田リンネ

B's-LOG BUNKO
ビーズログ文庫

イラスト／眠介

Contents

ルキノ
イゼルタ皇国の皇王。
ジュリエッタに四百年前の
誓約を持ち出し結婚を迫る。
聖女と皇王の誓約結婚 1
恥ずかしいので
聖女《わたし》の自慢話は
しないでくださいね……！
人物紹介
ジュリエッタ
フィオレ教の【知識の聖女】。
書類仕事しかできないと
言われていたのだが……!?

ラファエル

イゼルタ皇国の元第二皇子。
頭脳明晰。
国外に避難していた。

ディートリヒ

メルシュタット帝国皇太子。
イゼルタ皇国侵攻の
指揮官。

オルランド

イゼルタ皇国軍の責任者で
総司令官を務める。

カーラ

ジュリエッタの臨時の侍女。

エミリオ

イゼルタ皇国に
残った若手書記官。

プロローグ

フィオレ聖《せい》都市は、フィオレ教の聖地であり、フィオレ神によって統治されている宗教国家である。

序列第一位は、神の力を授《さず》けられた【祈《いの》りの聖女】【知識の聖女】【慈愛《じあい》の聖女】。

序列第二位は、聖女によって聖人認定《にんてい》された枢機卿《すうききょう》たち。

序列第三位は、枢機卿の中から皆《みな》の投票によって選ばれた者。

現在、聖女は三名揃《そろ》っており、聖女に聖人認定された枢機卿もいる。

フィオレ聖都市の統治は問題なく行われているけれど、大陸内は不穏《ふおん》な気配に満ちていて、再び大陸戦争が始まるかもしれないと噂《うわさ》されていた。

フィオレ教の【知識の聖女】であるジュリエッタは、十六歳の少女だ。

彼女は今、美しい金色の髪《かみ》とサファイアブルーの大きな瞳《ひとみ》をきらきらと輝《かがや》かせながら、賢者《けんじゃ》の杖《つえ》を持って大聖堂の廊下《ろうか》を歩いている。

このフィオレ聖都市には、イゼルタ皇国《こうこく》という古き時代からの盟友が存在していた。その皇国の王がフィオレ聖都市を訪れ、知識の聖女に面会を求めてきたので、ジュリエッタは祈りの時間を切り上げたのだ。

（きっとイゼルタ皇王《こうおう》は、またフィオレ聖都市にとんでもない要求をしようとしているのね。違《ちが》う国といっても、元は同じ国。互《たが》いになにかあったら真っ先に頼《たよ》る相手だから、これは仕方ないことだけれど……）

フィオレ聖都市は、元はイゼルタ皇国の都市の一つである。

しかし、フィオレ教を国教とする国はとても多く、フィオレ教の聖地がイゼルタ皇国内にあると、イゼルタ皇国と戦争をしている国にとって困ったことになるのだ。そのため、あるときに宗教国家として独立することになった。

（イゼルタ皇国はメルシュタット帝国《ていこく》との戦争で敗北寸前……って、いけない、こんなと考えている場合じゃない……！）

ジュリエッタは足を急いで動かす。彼女は聖女でフィオレ教の象徴《しょうちょう》のはずだけれど、そのあとをついてくる者はいなかった。

彼女には、側付《そばづ》きの修道女がつけられていない。聖女としてあり得ない待遇《たいぐう》だけれど、誰《だれ》もが見て見ぬふりをし、そのままにしている。

――【書類仕事しかできない聖女】。

ジュリエッタは、陰《かげ》で自分がどのように言われているのかを知っていた。

自分は、奇跡《きせき》を起こせるような聖女ではない。ジュリエッタの癒《い》やしの力はあまりにも平凡《へいぼん》なのだ。

（……私は、せめて少しでも誰かの役に立つ聖女でありたい）

聖女にふさわしくないことなんて、自分が一番わかっている。だからこそ、できることはなんでもしようと思っていた。

「知識の聖女ジュリエッタです。入ります」

ジュリエッタが扉《とびら》の向こう側に声をかけると、衛兵が扉を開けてくれる。

部屋に入れば、序列第二位の枢機卿セルジオや、序列第三位の枢機卿たちもいた。

そして、見知らぬ顔の黒髪《くろかみ》の青年が一人。

（皇王がきていると伝えられたけれど……この方は皇王の代理人なのかしら。それとも、なにか事情があって、皇太子《こうたいし》ではなかったこの方が新たな皇王になり、それで聖都市に挨《あい》拶《さつ》をしにきた……とか？）

翠色《みどりいろ》の瞳をもつ背の高そうな黒髪の青年が、ソファに座っている。

気だるそうにしていた彼は、ジュリエッタと目が合うなり——……魅力的《みりょくてき》なウィンクをしてくれた。

（ええっと……？）

軟派《なんぱ》な仕草がとても似合う人だけれど、皇王らしくない。やはり代理人なのだろうか。

真面目なジュリエッタが戸惑《とまど》っていると、黒髪の青年が立ち上がり、こちらに近づいて

くる。

「初めまして。俺は皇王ルキノ。……知識の聖女さまって可愛《かわい》い女の子だったんだ」

青年から甘くて低い声が放たれた。

ジュリエッタは思わず瞬《まばた》きをしてしまう。

(この方が新しい皇王……⁉　本当に……⁉)

一国の王から気さくすぎる挨拶をされたジュリエッタは、どのような返事をしたらいいのかを悩んでしまった。

その間にも、なぜかルキノはジュリエッタの後ろに回りこみ、己の腕《うで》をジュリエッタの肩《かた》に乗せて身を屈《かが》めてくる。

ジュリエッタは、ルキノの顔の近さにどきっとしてしまった。

「俺は難しいことが苦手だから、聖女と皇王の関係をわかりやすく説明してもらったんだけれど、皇王ってのは聖女の……元カレ？　なんだってね」

修道女であっても、聖女であっても、恋《こい》に憧《あこが》れる時代は誰にでもある。

ジュリエッタも『元カレ』が『かつての恋人《こいびと》』という意味の単語だと知っていた。

「元カレ……⁉　会ったこともない元カレってありなんですか……⁉」

間違《まちが》っているような、間違っていないような、とジュリエッタが動揺《どうよう》していたら、ルキノが肩を抱《だ》いてきて、ジュリエッタをソファにエスコートしてくれる。

ジュリエッタはルキノのあまりの手際《てぎわ》のよさに、座ってから慌《あわ》て出してしまった。

「ね、これを見たことはある？　古い契約書《けいやくしょ》なんだけれど」

「これは『聖血の誓約書《せいやくしょ》』!?　え？　あ……本物……!?」

ジュリエッタは知識の聖女だ。このフィオレ聖都市の大図書館の本から資料庫内にある重要書類まで、ありとあらゆるものを閲覧《えつらん》できる権限を持っている。

もちろん、四百年前の聖女とイゼルタ皇国の皇王によって交《か》わされた聖血の誓約書も見たことがあった。

「難しい書き方をしているけれど、簡単に言うと『イゼルタ皇国とフィオレ聖都市は深い関係だから、ずっと助け合っていきましょう』ってことなんだよね？」

「……はい」

ジュリエッタにとって、誰かの役に立てると言える唯一《ゆいいつ》の仕事が書類の処理である。誓約書や契約書独特の言葉の意味は理解できていた。

「だからさ、俺と深い関係……の、それも賢者と名高い〝知識の聖女さま〟に皇国を助けてもらおうと思って」

ジュリエッタは、ルキノの言葉に息を呑《の》んでしまう。

（私は……、賢者じゃない……！）

フィオレ聖都市は、奇跡を起こせないジュリエッタのために、知識の聖女ジュリエッタは賢者だと言い広めていた。

そのことに申し訳なさを感じていると、ルキノはなにを考えているのかわからない微笑《ほほえ》みを浮《う》かべ、再びジュリエッタの肩に腕を置いてくる。

ジュリエッタは、馴《な》れ馴《な》れしくされるという経験がほとんどない。ルキノとの近すぎる距離《きょり》にそわそわしてしまうので、失礼のないように身体《からだ》を離《はな》そうとした。しかし、スカートがルキノの太ももの下に挟《はさ》まっている。力をこめても抜《ぬ》けない。

——わざとなのか偶然《ぐうぜん》なのか。

謎《なぞ》めいた笑い方をするルキノからは、なにも読み取れなかった。

「イゼルタ皇国は今、とても大変な状況《じょうきょう》にある。知識の聖女さまならもちろん知っているよね。だから俺は、四百年前の誓約の再現をしてほしい……ってお願いにきたんだ」

「……古き時代からの盟友であるイゼルタ皇国の王の頼《たの》みであれば、できる範囲《はんい》で協力します」

ジュリエッタは、古き時代からの盟友の頼みであったとしても、なんでもしてあげられるわけではないと遠回しに伝える。

フィオレ聖都市の大会議に聖女として出席するようになってからは、腹の探《さぐ》り合《あ》いや失言を誘《さそ》うような会話、気分が重たくなってしまう交渉《こうしょう》にもすっかり慣れてしまった。

(皇国は本当に大変そう……。私の手を借りようとするぐらいだもの)

ジュリエッタは「この返事でいいですよね？」と序列第二位の枢機卿セルジオを見たのだけれど、彼は目をそらした。

なぜ、と思っているとルキノがペンを差し出してくる。

「じゃあ、聖女さま。この誓約書にサインを」

「あの、ですから……って⁉　これは、聖人認定の誓約書……えっ⁉　それから、皇王が聖女を皇妃《こうひ》に迎《むか》えるという誓約書……⁉　まるで……」

そう、これは四百年前の『聖血の誓約書』と同じ文面だ。

――四百年前、泥沼《どろぬま》の大陸戦争の最中、フィオレ聖都市とイゼルタ皇国は同盟を結んだ。その際に、聖女が皇王を聖人認定し、皇王が聖女を皇妃として迎えることによって、これは同格の同盟であり、絶対に裏切らないという強固な絆《きずな》があることも示したのだ。

四百年前の聖血の誓約書には、『未来永劫《えいごう》この絆を尊重する』と書かれているのだけれど、どうやらルキノはこの一文を利用し、四百年前の誓約を今ここで再現しようとしているらしい。

「一度、お帰りください。この件については皆と話し合ってから……」

この書類にサインをすると、ルキノは聖人認定され、そしてジュリエッタはルキノと結《けっ》婚《こん》しなければならなくなる。

国家間の約束ともなれば、あとから「やっぱり無理」とは言えない。そして、フィオレ聖都市のためになる約束かどうかの判断は、自分だけですべきではないのだ。

絶対に了承《りょうしょう》してはならないとジュリエッタは気を引《ひ》き締《し》めたのだけれど、セルジオが重いため息をついた。

「――聖女ジュリエッタ。古き時代からの盟友であるイゼルタ皇国の頼みです」

すると、他の枢機卿たちも頷《うなず》き始める。

「神は救いを求める者を救う役目を、聖女に与《あた》えました」

「貴女《あなた》の知識を求める迷える者がいます。どうか救いの手を差《さ》し伸《の》べてください」

「聖女ジュリエッタ。これは神の導きです」

ジュリエッタはサファイアブルーの瞳を見開いた。

枢機卿たちが冷たい目でジュリエッタを見ている。その瞳が「早くサインしろ」と言っている。

（あ……、私…………）

そうか、と気づいた。

これは厄介払《やっかいばら》いだ。

枢機卿たちはジュリエッタから【知識の聖女】の称号《しょうごう》を正式な形で剝奪《はくだつ》するために、四百年前の誓約を利用しようとしているのだ。

聖女とは、神に身を捧《ささ》げることを誓《ちか》った者である。聖女は死ぬまで聖女だ。例外は、誓約によって皇妃になった四百年前の聖女だけである。

枢機卿たちは皇王のとんでもない提案に、反対するどころか身を乗り出して賛成したのだろう。

（……なら、これでいい、のかも……しれない）

ジュリエッタが意地を張ってフィオレ聖都市に残っても、この先ずっと『知識の聖女を名乗ってもいいのか』という気持ちを抱《かか》えたまま生きていくことになる。

そうなるぐらいだったら、皇王やフィオレ聖都市の皆が喜ぶ道を選ぶべきではないだろうか。

（神よ……私を導いてください……！）

ジュリエッタは神に祈る。

しかし、神の声は聞こえてこない。今まで一度も聞こえなかったのだから、当然といえば当然だろう。

そして、それは四百年前の誓約に基《もと》づいて皇王と結婚することに、神は異を唱えなかったということでもあるのだ。

（誰か……！）

ジュリエッタは、震《ふる》える手でルキノからペンを受け取る。

ペン先を紙に当てた。じわりとインクがにじんだ。

止めてほしいと思った。待ちなさいと誰かに言ってほしかった。

自分で「嫌《いや》だ」と言えばいいのに、自分で自分の手を止めればいいのに、ジュリエッタは第三者による最後の救いを求めてしまう。

しかし結局、救いの手は差し伸べられなかった。ジュリエッタがどれだけサインに時間をかけても、突《つ》き刺《さ》さるような視線しか与えられない。

「はい、お疲《つか》れさま～。枢機卿の皆さん、あとは適当によろしく」

ルキノは、取り返しのつかないことをして顔面蒼白《そうはく》になっているジュリエッタへ、ぐっと顔を近づけてくる。

ジュリエッタの身体は、びくっと跳《は》ねてしまった。

——私は、この人と、結婚する。聖女の称号を返上して、皇妃になる。

どうしてこんなことになってしまったのだろうか。

答えがわかっていても、心の中で何度も問いかけてしまう。

「これからジュリエッタちゃんを、敗戦目前のイゼルタ皇国に連れ帰るね。大丈夫《だいじょうぶ》、俺の全てをかけて大事にするよ」

ルキノは「急ごう」と言って立ち上がる。

メルシュタット帝国軍はイゼルタ皇国の皇都付近まで迫《せま》ってきている。皇国の全面降伏《こうふく》は目前だ。

――皇国は残されるのか。それともメルシュタット帝国に併合《へいごう》されるのか。

その辺りがどうなるのかは、皇王の手腕次第《しだい》だろう。

(皇国の敗北はもうどうすることもできない。私にできることは、ただの書類仕事ぐらいで……)

皇王は皇国を勝利させてくれる聖女を求めにきたのだろうけれど、その聖女は名ばかりの聖女である。がっかりさせてしまうだろうな、と申し訳なくなった。

(でも……)

ジュリエッタは少しだけほっとする。

これでようやく自分は〝聖女〟という重圧から解放されるのだ。

第一章

この世界には、目に見えない要素……【魔力《まりょく》】というものが漂《ただよ》っている。

魔力を集めて操《あやつ》ることを【魔法《まほう》】と呼び、魔法を使える者は【魔導師】と呼ばれる。

魔導師の才能を持つ者はとても少ないため、魔導師をどれだけ集められるかは、国家や教会にとってとても大事なことだ。

ちなみに、神に仕える者たちは、人々を助ける魔法しか使わないので、魔力のことを神聖力、魔法のことを神聖魔法と呼び、区別していた。

聖女ジュリエッタは、もちろん神聖魔法の使い手である。ただし、奇跡《きせき》と呼べるような大きな力は持っていない。

（私にもっと力があったら、なにかが変わっていたのかな……）

ジュリエッタは今、鞄《かばん》一つだけを持ってイゼルタ皇国へ向かう馬車の中にいる。

この馬車には風の魔法がかかっていて、通常の五倍ほどの速さで移動でき、振動《しんどう》もほとんどない。

馬車の中にはジュリエッタとルキノ、そして馬車の外には御者《ぎょしゃ》をしてくれる騎士《きし》と馬に乗った護衛の騎士が一人いるだけだった。

聖女が皇国へ輿入《こしい》れするというのに、フィオレ聖都《せい》市は見送りの衛兵を用意しなかったし、皇国側の迎《むか》えもあまりにも質素である。

「すごいね、この魔法がかかった馬車は。あっという間に皇国に着きそう。でも、もしかしたらもう皇国がなくなっていたりして」

「………………」

その未来もあり得なくはない。ルキノの今の発言は笑えない冗談《じょうだん》だ。ジュリエッタはどう反応していいのかわからなくて、固まってしまった。

「ジュリエッタちゃんは真面目だねぇ。あはは〜って笑っていいよ」

「ええっと……」

ルキノは笑っているけれど、本心から笑っているのかはよくわからない。

謎《なぞ》めいた人だな、とジュリエッタはその表情をじっと見つめた。

「あの……、私は聖女として役に立たないと思います。治癒《ちゆ》の魔法は使えますが、期待されるほどの範囲《はんい》も効果もなくて……すみません」

ルキノは知識の聖女の頭脳の他に、皇都が焼け落ちたときの備えとして、奇跡を起こせる力もほしいのだろう。ジュリエッタはルキノを期待させたくなかったので、先に謝っておく。

「それに、私にできるのは書類の整理ぐらいです。前例があればその通りに処理することもできると思いますが……」

「そう、それ。俺が求めているのは癒《い》やしの力じゃなくて、そっち」

ルキノは指をパチンと鳴らす。

「知識の聖女のジュリエッタちゃんには、皇国の敗戦処理のお手伝いをしてほしくってさ。聖女さまが後ろについていると、色々な交渉《こうしょう》で得するらしいし？」

ルキノは聖女を通してフィオレ聖都市の力を借りたいようだ。

しかし、知識の聖女ジュリエッタは、フィオレ聖都市から厄介払《やっかいばら》いされた身である。ジュリエッタがフィオレ聖都市になにかを頼《たの》んでも、フィオレ聖都市はその通りに動いてくれないだろう。

「敗戦時にしなければならない交渉は色々ありますよ。土地の権利についての交渉、民《たみ》の暮らしの保証についての交渉、皇族の今後についての交渉……私に任せたいのはどれでしょうか？」

「え？　敗戦処理ってそんなに色々あるの？　ごめん。俺はその辺りのことをよくわかっていないから、皇城にいる書記官に聞いて」

皇王の仕事は、国の方針を定めることだ。細かい部分を臣下に任せてしまうのは正しいけれど、なんだか不安になってくる。

「……あの、敗戦処理を任せたいということは、降伏《こうふく》するつもりなんですか？」

「フィオレ聖都市の聖女だったら、詳《くわ》しいことも知ってるでしょ。皇国がここから勝てるなんて、俺も思っていないよ」

返事をしにくい話題だ。

ジュリエッタが困っていることに気づいたのか、ルキノがとんでもないことを明るく言い出す。

「ちなみに、君が敗戦処理に失敗したら俺は死ぬ。聖女さまならもうわかってるよね？」

ジュリエッタは息を呑《の》む。

――ルキノは非常事態の皇王。そして、敗戦前提で動いている。

ジュリエッタも〝皇王の処刑《しょけい》〟という可能性に気づいていたけれど、こうやって本人から突《つ》きつけられると動揺《どうよう》するしかなかった。

「えっ、あっ……そんな大事なこと、私に任せていいんですか……!? 私は前例通りに処理することしかできませんよ……!?」

「敗戦処理の前例なんて、歴史上数えきれないほどあるって。大丈夫《だいじょうぶ》、大丈夫。元カレのお願いだよ。頼む……って、あ、もう今カレになったのかな？ どうか俺に賢者《けんじゃ》と呼ばれているその頭脳を貸してね、知識の聖女ジュリエッタちゃん。その代わり、きちんと大事にするから」

「初対面なのに、元カレ感も今カレ感も出さないでください……！ あと、たしかに敗戦処理の参考例は戦争の数だけありますけれど……！」

ジュリエッタは、他にもっと言うべきことがあったはずだ。けれども、今はこれだけしか出てこなかった。

責任の重さを感じながら色々なことを考えていると、ルキノが外を見て「あ」と小さな声を上げる。

「そろそろどこかの村で泊《と》まりかな。ベッドぐらいはあると思うけれど、ベッドしかないかも。聖女なのにごめんね～」

もう日が傾《かたむ》き始めている。ジュリエッタは大丈夫ですよと答えた。

「私は神と力なき者に仕える聖女です。誰かを救うためならば、地面で寝《ね》ても構いません」

そもそもジュリエッタは、かつては児童養護施設で暮らしていた孤児《こじ》だ。藁《わら》に布を敷《し》いたものの上で寝ていたので、ベッドでなければ寝られないということはない。

しかし、なぜかルキノは口笛を吹《ふ》く。

「ジュリエッタちゃんは、真面目でいい子なんだねぇ」

感心したようにルキノが言うので、ジュリエッタは首を傾《かし》げた。ジュリエッタにとっては、真面目でもいい子でもない、ごく当たり前の感覚だ。

「馬車が止まったよ。この村に泊まるみたいだ。降りよう」

ジュリエッタは、ルキノの手を借りて馬車を降りる。

この村は戦争に巻き込まれたようだ。炎《ほのお》に襲《おそ》われた痕跡《こんせき》があちこちに残っていた。

「これは……」

「逃《に》げてきた兵士を庇《かば》ったのかもしれないね」

戦争といっても、戦う相手は軍人だけだと決まっている。しかし、逃げた軍人を庇えば、その人も軍人だと見なされてしまう。

——街道《かいどう》を外れた小さな村でさえもこの惨状《さんじょう》だ。

ジュリエッタの胸がつきんと痛む。

(皇国は戦争をしている……)

そのことはもちろん知っていた。聖女として、早く戦争が終わるように祈《いの》っていた。けれども、恥《は》ずかしいことに、やはり他人事《ひとごと》でしかなかったのだろう。

(私はいつも自分のことばかりを考えていた気がする。聖女として、もっとできることがあったはずなのに……!)

祈るだけではなく、救いを。

ジュリエッタは鞄を持つ手にぎゅっと力をこめた。

「皇王陛下《へいか》、村長の家に泊まることができそうです。我々は居間のソファを貸してもらいます」

「おっ、助かる～。できる限りのお礼はしてあげて」

ジュリエッタはルキノと護衛騎士と共に、村長の家に向かう。

四人も泊まることになって申し訳ないと思っていたら、村長の息子夫婦《むすこふうふ》はすでに他の国へ避難《ひなん》していて、それで部屋が空いているという話をされた。

「ここには、身動きが取れない老人や行く当てのない者ばかりが残っていまして……」

「まぁ、そうなるよね」

村長の言葉に、ルキノはうんうんと頷《うなず》いている。

皇国の敗戦はもう目の前だ。負けたらどうなるのかわからない。

併合《へいごう》か、属国か……下手をしたら皇国の民はすべて奴隷《どれい》にされるかもしれない。

（敗戦処理に失敗したら、この村の方々は……）

ルキノに敗戦処理を頼むと言われたときは、それだけの話だと思っていた。

しかし、今ここで生きている人たちを見てしまうと、敗戦処理というものがどれだけ大事なことなのかを実感できる。

ルキノは彼らの未来を保障したいのだ。そのためにフィオレ聖都市までやってきた。

ジュリエッタは、フィオレ聖都市で知識の聖女と言われていたのに、誓約書《せいやくしょ》へサインをするときも自分のことばかりを考えていた。そのことがとても恥ずかしい。

（この方は本当に皇王なんだわ。名ばかりの聖女である私とは違《ちが》う）

ルキノは、民のためにできることを精一杯《せいいっぱい》しようとしている。

ジュリエッタは、誓約書へのサインを仕方なくではなく、聖女として精一杯のことをしようと思いながらすべきだった。

――せめて、聖女である間だけでも……！

今更《いまさら》だ。もう遅《おそ》い。けれども、できることが少しでもあるのならすべきだ。

「村長さん、怪我人《けがにん》がいるのではありませんか？　怪我を完治させることはできませんが、化膿《かのう》しづらくしたり痛みを抑《おさ》えたりすることなら私にもできます」

ルキノのように、やれることをやろう。

ジュリエッタは気持ちを切《き》り替《か》え、救いを求めている人に癒やしの魔法をかけたいとお願いする。

「本当ですか⁉　ありがとうございます……！　森が焼けたときに、火傷《やけど》を負った者がいまして……」

やはり戦争に巻き込まれた人たちがいた。ジュリエッタは、動ける人たちを広場に集めてほしいと頼む。

「あと、なにか棒をお借りできたら……」

ジュリエッタは、両手で棒を持つような仕草をしてみせた。

隣《となり》にいるルキノが「棒？」と首を傾げてくる。

「私は癒やしの奇跡を起こすとき、手に力を込《こ》め、そこに神聖力を集中させているんです。ブラシでもホウキでもなんでもいいので……」

「あれ？　そういえば、ジュリエッタちゃんが持っていたあの杖《つえ》はどうしたの？」

「賢者の杖は聖都市に置いてきました」

知識の聖女の証《あかし》である賢者の杖。

本来は聖女の称号《しょうごう》を返上するときに返却《へんきゃく》すべきものだけれど、枢機卿《すうききょう》から出発前に返却を求められてしまったのだ。

「ブラシならありますが……これで本当によろしいのでしょうか……？」

村長は家に置いてあったブラシを慌《あわ》てて持ってきてくれる。

ジュリエッタはそのブラシを丁重《ていちょう》に受け取った。

「ね、ジュリエッタちゃん。森に入って枝を拾って、ナイフで削《けず》って、せめてそれっぽいものを作ろうよ」

ルキノがそれはさすがに……と苦笑《くしょう》しつつ、森を親指で指す。

ジュリエッタは微笑《ほほえ》みながら首を横に振《ふ》った。

「見た目はどうでもいいんです」

「いやぁ、ブラシを持つ聖女ってありなのかなって。流石《さすが》にゆる～い俺でもさ……って」

そのとき、ルキノは息を呑んだ。森を見てきょろきょろし……、急に怖《こわ》い顔をする。

「村長さん、村人を一度家の中に入れた方がいい」

「はい？　どうかしましたか？」

「真新しいハイウルフの爪痕《つめあと》がある。……襲撃《しゅうげき》される」

ルキノの警告の直後、森の奥でなにかが光った気がした。

ジュリエッタは借りたブラシを握《にぎ》りしめながら、ぞくりと身体《からだ》を震《ふる》わせる。

ハイウルフは恐《おそ》ろしい生き物《モンスター》だ。群れ単位で行動し、狩《か》りを得意とし、——……そして、とても賢《かしこ》い。

気づかれたということに、きちんと気づける。


「逃げろ!!」


ルキノが叫《さけ》んでくれたのに、ジュリエッタはとっさに動けなかった。

ジュリエッタが驚《おどろ》いている間にも、護衛騎士は剣《けん》を抜《ぬ》いてルキノとジュリエッタを守ろうとし、ルキノは身を屈《かが》めて石を拾い、森の奥から飛び出してきたハイウルフに投げつける。

ルキノは上手《うま》くハイウルフの鼻《はな》っ面《つら》に石を当てたのだろう。「ギャワン！」という悲鳴が聞こえてきた。

ようやく動けるようになったジュリエッタは、ブラシをぎゅっと握る。

「蒼《あお》き風の祈り——……。

風を生むのは空、行き着くは海。

我らは守護の恵《めぐ》みを求む、さらば与《あた》えられん。

偉大《いだい》なる神よ、我らに祝福を！」

とんとブラシで大地を突いた。

「盾の奇跡《アイギス・ララ・リーリエラ》！」

神聖力で、淡《あわ》く輝《かがや》く大きな盾《たて》を作り出す。

ハイウルフは、自分と獲物《えもの》の間になにかあることを察したのだろう。こちらに飛びかかることをやめ、唸《うな》りながらうろうろし始めた。

「村長さん！　皆《みな》さんを急いで家の中へ！」

「わ、わかりました……！」

ジュリエッタが指示を出せば、村長は慌てて皆へ声をかけに行く。

ここは小さな村だ。すぐに全員が家の中に避難できるだろう。

「ジュリエッタちゃんも避難を……」

「この状況《じょうきょう》では、私抜きでどうにかするのは難しいと思います」

「……その通り、ごめんね。大事にするって言ったのに。ちなみに、この光っている壁《かべ》はどういう魔法？」

「風と神聖力で作った障壁《しょうへき》です。単純な盾ですね」

　ジュリエッタは、まずは情報共有した方がいいと判断し、ハイウルフの生態について簡単に説明した。

「ハイウルフは十頭ほどの群れを作ります。縄張り意識が強いため、人里から離《はな》れた場所に縄張りがあるのであれば、襲われることはまずありません。ここを襲おうとしたのは、おそらく森が焼けたときに縄張りも焼かれてしまい、新しい狩場《かりば》を求めていたからだと思います」

「流石は知識の聖女。ハイウルフの弱点ってある？」

「はい。ハイウルフは犬とよく似ていますから、犬の弱点を利用したらいいかと。……騎士の方々には、村人が避難したかどうかの確認《かくにん》をしてもらうついでに、必要なものを持ってきてもらいましょう」

　ジュリエッタは二人の護衛騎士にお使いを頼む。

　皇王と聖女を守るという仕事をしなければならない彼らは迷っていたようだけれど、ルキノが「頼むよ」とウィンクつきで言えば覚悟《かくご》を決めたようで、村の中に走っていってくれた。

（今代の皇王は男性も女性も口説《くど》ける人なのね……！）

すごい、とジュリエッタは思いながらブラシを持つ手に力をこめる。

「皇王陛下！　聖女さま！　村人は全員避難しました！　それからこれを……！」

すぐに護衛騎士たちが周囲を警戒《けいかい》しながら戻《もど》ってきた。

ジュリエッタは、護衛騎士が持ってきた瓶《びん》の蓋《ふた》を開けようとし……固くて開けられなかったのでルキノに開けてもらう。

途端《とたん》、つんとした臭《にお》いが鼻の奥を刺激《しげき》してくる。瓶の中身はワインビネガーだ。犬に限らず、大抵《たいてい》の動物はこの刺激的な臭いを嫌《きら》う。

「その辺の石をワインビネガーで濡《ぬ》らし、ハイウルフに投げてください」

「当てるだけで追《お》い払《はら》える？」

「神聖魔法をかけておきます。触《ふ》れたら電撃《でんげき》が走るというものです。私の力では、痺《しび》れてしばらく動けなくなるぐらいの効力しかありませんが……」

本物の聖女であれば、自分を基点にし、生命に関わるような強い電撃を広範囲《こうはんい》に与えることもできるだろう。

しかし、ジュリエッタが電撃の魔法を使っても、その範囲は狭《せま》く、威力《いりょく》も大したことはない。

「ハイウルフに、ワインビネガーの臭いと電撃による痺れを繋《つな》げてもらいます。こうしておけば、またこの群れに襲われても、村人たちだけで対処できるようになりますから」

「なるほどね」

ルキノは足元の小石を拾う。ぽんと軽く投げた。

「水切りは得意だから、久しぶりに頑張《がんば》りますか」

手に持った石にワインビネガーを垂らしたルキノは、淡く光る障壁をじっと見る。

「なんかこの盾みたいなのは、こっちからなら貫通《かんつう》できるとかある？」

「そこまで便利な障壁ではないので……すみません。投げるときは言ってください。解除して、すぐに障壁を作り直します」

「あっ、そういうことね。なら三人でせーので投げよう」

護衛騎士は剣をしまい、ルキノと同じように石を持ってワインビネガーをかけた。

「……せーの！」

ルキノの合図と共に、ジュリエッタは障壁を解除した。

「天空の祈り――……。

閃光《せんこう》が駆《か》け巡《めぐ》るは雲、轟《とどろ》くは大地。

我らは捕縛《ほばく》の恵みを求む、さらば与えられん。

偉大なる神よ、我らに祝福を！

雷槌《トール・ララ・リーリエラ》の奇跡！」

飛んでいく三つの石に素早《すばや》く祝福をかけ、そのあとにもう一度障壁を作る。

ブラシを地面に打ちつけると同時に、ハイウルフが「ギャン！」と鳴いた。小石が当たったハイウルフは痺れて動けなくなり、地面に横たわったままびくびくと身体を震わせている。

「盾の祝福《アイギス・ララ・リーリエラ》！」

「おっと、あちらさんの敵意が増したねぇ」

ルキノがおお怖いと呟《つぶや》く。

ハイウルフの群れは、こちらを獲物ではなくて敵と認識《にんしき》したようだ。

ジュリエッタは、次の投石に向けて意識をブラシに集中させた。

「せーの……！」

ルキノの合図でジュリエッタは障壁を解除し、飛んでいく石に神聖魔法をかける。そのあとすぐに障壁を作る。

この目まぐるしい作業に、ジュリエッタは段々となにをしているのかわからなくなってきた。聖女は、フィオレ聖都市の運営に関わったり、人々を癒やしたりすることはあっても、戦うという経験はほとんどないのだ。

（えぇっと、えぇーっと……！）

現時点で、ハイウルフは何頭残っているのだろうか。

あと何回繰《く》り返《かえ》せばいいのだろうか。

ハイウルフに襲われているという緊張感《きんちょうかん》。

単純だけれど間違《まちが》えられない作業。

精神的な疲労《ひろう》が積み重なったせいか、ジュリエッタは想定できたはずの事態にすぐ対応できなかった。

「ジュリエッタちゃん！　後ろ！」

ハイウルフが大回りしてきて、後ろからジュリエッタたちを襲おうとしている。

ジュリエッタは後ろ側にも障壁を作り、ハイウルフの牙《きば》から皆を守らなければならないのに、とっさに動けなかった。

（あ……！）

ハイウルフがすぐそこまで迫《せま》ってきている。

そのことに驚いたジュリエッタは、頭の中が真っ白になってしまった。

ジュリエッタがサファイアブルーの大きな瞳《ひとみ》を見開いていると、ルキノがジュリエッタのブラシを掴《つか》み、動かす。

ギャン!!　というハイウルフの鳴き声で、ようやくジュリエッタの頭が働き出した。

ルキノはきっと、ジュリエッタのブラシでハイウルフの顔を突いたのだろう。

「盾の祝福《アイギス・ララ・リーリエラ》！」

ジュリエッタは慌ててブラシで大地を突き、後方にも障壁を作る。

――今のは危機一髪《ききいっぱつ》だった。危なかった。

助かってから恐怖《きょうふ》を感じ、思わず膝《ひざ》をついてしまうと、ルキノがぽんぽんと背中を撫《な》でてくれる。

「ちょっと休憩《きゅうけい》する？」

「え……？」

「こっちに合わせてもらってごめんね。ゆっくりやろう。狙《ねら》いも定まりやすいし」

ルキノは護衛騎士に「俺がこっちで、君たちはあっち」と指示を出している。

ジュリエッタはブラシを握る手に力をこめながら、周りをゆっくり見てみた。深呼吸を繰り返し、混乱した頭を落ち着かせていく。

「すみません……」

「いやいや、ハイウルフに襲われて混乱しない人っていなくない～？」

ルキノの軽い口調のおかげで、ジュリエッタは肩《かた》から力を抜くことができた。

「そうですね。とても驚きました」

「俺も驚いた」

ルキノが焦《あせ》っていないから、ジュリエッタもそれにつられてしまう。

よしと気合を入れ直し、ブラシを握り直す。

「もう大丈夫です。再開しましょう」

「了解《りょうかい》。あとちょっと頑張ろっか」

ルキノが拳《こぶし》をぐっと突き出してきた。

ジュリエッタはその意味がわからず、首を傾げる。

「あ～、そうか。聖女さまだもんね。いやいや、ごめん」

ルキノは苦笑しつつ、握っていた小石に再びワインビネガーをかけた。


——周囲から敵意が消えた。

ジュリエッタは念のために、自分を基点にして祝福の力を広げていき、敵意を向けるものがいないかどうかを確かめる。

倒《たお》れている十頭のハイウルフ以外の反応は特に得られなかったので、もう大丈夫だろう。

「うわ～、ワインビネガー臭がすごい。しばらく取れないかも」

村の井戸で手を洗っていたルキノが、手の臭いを嗅《か》いで嘆いた。

「ごめんね。しばらく俺に近づかない方が……」

ジュリエッタはあははと笑うルキノに近づきながら、スカートのポケットを探《さぐ》り、清潔なハンカチを差し出す。

「村を守った手です。誇《ほこ》りに思ってください。それから、休憩の提案に助けられました。

ありがとうございます」

ルキノは混乱しかけたジュリエッタを、情けない聖女だという目で見てくることはなかった。それどころか、温かい言葉をかけてくれた。

（……なにを考えているのかよくわからなくて苦手と思っていたけれど、この方はとても優《やさ》しい人なのかもしれない）

人間は危機的状況に置かれると、本性《ほんしょう》が現れる。

ジュリエッタの焦りは、戦うことを恐れるという本性から生まれたものだ。

そして、ルキノの気遣《きづか》いの言葉も、優しいという本性から生まれたもののはずだ。

「こっちこそ、ジュリエッタちゃんに助けられたよ。ありがとう」

ルキノはふっと笑い、ジュリエッタのハンカチを受け取る。

「俺は聖女さまのことを教会の中で祈るだけの人って思っていたけれど、さっきのジュリエッタちゃんを見て、思い込みはよくないって反省した。ハイウルフへ勇敢《ゆうかん》に立ち向かってくれたあの姿、格好《かっこ》よすぎるって」

ルキノはそう言うと、ハンカチに音を立ててキスをした。

「先ほどの私は勇敢だと思えませんが……」

ジュリエッタからすると、情けないという言葉の方が似合っている気がする。

「そっか、ジュリエッタちゃんはいい子なんだね。……いい子なのは、聖女さまだから？

それともジュリエッタちゃんだから？」

「あの……、先ほどの私の言葉に、いい子という要素があったでしょうか……？」

「あるある。俺さ、ジュリエッタちゃんのことをもっと知りたくなった」

ジュリエッタは、ルキノの顔をじっと見てしまった。

やはりこの人のことがいまいちよくわからない。優しいけれど不思議な人だ。

「もしかして、俺の考えていることがよくわからないって思ってる？」

突然《とつぜん》、考えていることをルキノに言い当てられる。

動揺してしまったジュリエッタは、失礼なことをしたかもしれないと反省し、急いで謝罪した。

「すみません……！」

「いやいや、そういうつもりはなくてさ。俺、初対面の人に『なにを考えているのかわからない』っていう勘違《かんちが》いをされるんだよね。でも、本当になにも考えていなくて適当に生きているだけなんだ。長く付き合ってる奴《やつ》らからは、もっと真面目に生きろってよく叱《しか》られている」

ルキノは笑っているけれど、ジュリエッタは笑っていいところなのかわからない。

（いい人なのは間違いないけれど……。長い付き合いになったら、この方のこともわかるようになるのかな……？）

ジュリエッタは、ルキノへの疑問を一度置いておくことにした。

だとしたら、次は……。

「──では、続きをしましょう！」

ブラシを持ったジュリエッタは、ルキノにそう宣言する。

「続き？」

「怪我人の治療《ちりょう》です。この村にはこれからお世話になりますし、時間があるのならできる限りのことをしておきたいんです」

護衛騎士たちが改めて村人に声をかけに行くと、広場に怪我人が集まってきた。

身体を動かせないような怪我人はあとで個別訪問することにして、先に軽症者《けいしょうしゃ》を治すことにする。

ジュリエッタはブラシを両手で持ち、神に祈りを捧《ささ》げた。

「緑なす大地の祈り──……。

大地に降り注ぐは雨、咲《さ》き誇るは命。

我らは慈愛《じあい》の恵みを求む、さらば与えられん。

偉大なる神よ、我らに祝福を！」

ブラシを握っているジュリエッタの手に神聖力が集まってくる。金色の髪《かみ》とスカートの裾《すそ》がふわりと浮《う》いた。蛍《ほたる》のような小さな光がジュリエッタの周りを飛《と》び交《か》う。

ジュリエッタの雰囲気《ふんいき》から幼さが消え、代わりに神々《こうごう》しさが増す。

身体に神聖力を行き渡らせたジュリエッタは、ブラシで地面を突いた。

「癒やしの奇跡《クロノス・ララ・リーリエラ》——‼」

ジュリエッタを中心に、光の輪が広がっていく。

蛍のような光が、怪我をしているところに集まってきて——……やがて静かに消えていった。

「火傷が……治ってる⁉」

「傷が塞《ふさ》がった！」

「……足首が痛くない！」

ルキノは、投石を繰り返したときに割ってしまった人差し指の爪《つめ》を見てみる。大した怪我ではなかったけれど、地味に痛いと思っていたところが、見事に治っていた。思わず口笛を吹き、ジュリエッタの癒やしの奇跡に感謝する。

「聖女さま……！　ありがとうございます！」

「ああ、神よ……！」

「なんというお力……！」

ジュリエッタは、皆の喜びの声を聞いてほっとした。

「私は皆さんの中にある治癒の力をほんの少し高めただけです。どうか身体を労《いたわ》ってくださいね」

ジュリエッタは喜びの声を上げる村人に微笑みかけたあと、動けない村人のところへ向かう。

「ね、ジュリエッタちゃん。あんなにいっぱい魔法を使って大丈夫？　疲《つか》れてない？」

ついてきたルキノが、心配そうに顔を覗《のぞ》き込んでくる。

ジュリエッタは、まだやれますとブラシを持ち上げた。

「神聖力は体力とは少し違っていて……疲れはするんですけれど、でも、大丈夫です。私の癒やしの奇跡は本当に大したことはなくて、範囲も狭いですし」

聖女ならば一つの街を包み込めるほどの大きな神聖力を持っているし、ちぎれた腕《うで》もあっという間に繋《つな》げるような魔法も使えるのだ。

しかし、ジュリエッタはというと、神聖力を持つ者の中で、中の中――……普通《ふつう》の力しかない。

これで聖女を名乗るのは、本来はとても恥ずかしいことだ。

（……そう。私のあるべき姿は、助祭の一人だったのに）

あの日から抱《かか》え続けてきた後悔《こうかい》が、じわじわと胸を締《し》めつけてくる。

息が苦しいと思っていると、ルキノが爽《さわ》やかな風をジュリエッタに吹きこんできた。

「大したことあるって。俺なんかなんにもできないし」

ルキノが本気で感心したという表情になっている。

ジュリエッタは驚いたあと、慌てた。

「石を投げるのがとてもお上手でしたよ！」

「あ〜、それはまあ、水切りは得意だね」

「それに、貴方《あなた》は民想《たみおも》いのとても立派な皇王です！」

「いやいや。接客業は多少できても、それ以外はねぇ」

皇王が接客業……とジュリエッタは驚いたけれど、これはおそらく外交が上手いという意味なのだろう。

（でも、それは皇王としてとても大事な能力ではないかしら）

ルキノは、女性を口説くのが得意で、働かずに食べさせてもらっていそうな、顔がいいだけの男に見える。

しかし、それはなにかのための演技なのかもしれない。周囲を油断させるとか、敵を騙《だま》すとかそういう……。

（『ルキノ』という名前は、イゼルタ皇国の皇位継承権《けいしょうけん》を持つ者の中になかったはず）

フィオレ聖都市とイゼルタ皇国の関係は深い。

次の皇王が誰なのかという話は、今後のフィオレ聖都市の運営に関わってくる。

ジュリエッタは、イゼルタ皇国の皇位継承権を持つ者の一覧にもしっかり目を通していた。百位ぐらいまでなら、誰が何位なのかを言える。

——しかし、その中に『ルキノ』という名前はなかった。

今は敗戦間近という非常事態だ。きっと、皇位継承権の順位を入れ替えるために、誰かが誰かの養子になったとか、改名したとかいう、複雑な事情があるのだろう。


ルキノの護衛騎士たちは村の広場で簡単な料理を作り、村人に振る舞った。

ジュリエッタは怪我人の家に行って癒やしの魔法をかけたあと、焚火《たきび》の周りに集まってきた子どもたちの遊び相手を始める。すると、ルキノも一緒《いっしょ》に遊んでくれた。

ルキノは子どもに肩車《かたぐるま》をしたり、みんなと歌いながら縄《なわ》跳《と》びをしたり、跳び方や回数を競《きそ》い合《あ》ったりしている。

「ジュリエッタちゃん、なかなかやるねぇ！」

「ふふ、負けませんよ！」

ルキノは皇王なのに、縄跳びが上手かった。

ジュリエッタはスカートをたくし上げ、それに張り合う。

施設ではよくこうやって遊んでいた。フィオレ聖都市に行って助祭になったあとも、施設訪問のときに子どもたちの遊び相手をしていた。――あの頃《ころ》が懐《なつ》かしい。

（なんだろう、こう……）

ルキノと笑い合っていると、皇王と聖女というよりも、下町の青年と少女という空気になっていく。

どこかで普通に出会っていて、遊んだこともある。そんな気がしてくるのだ。

ルキノがあまりにも気さくで、皇王らしくないからだろうか。

「皆さ～ん！　スープができましたよ！」

騎士たちがスープとパンの配布を始める。

ジュリエッタは子どもたちと一緒に受け取り、楽しくお喋《しゃべ》りをしながら食べた。

「スープとパンだけで大丈夫？　味が合わないとかない？」

隣に座ったルキノに問われたジュリエッタは、笑って答える。

「大丈夫です。スープとパンはご馳走《ちそう》ですよ」

上品ではないのだけれど、最後はパンで器《うつわ》を拭《ぬぐ》っておいた方がいい。

神よ、お許しください……と心の中で祈ってから、ジュリエッタは状況に合わせた食べ方をしておく。

ふと隣を見てみると、ルキノも平然とパンで器を拭っていた。

「俺は聖女ってもっと綺麗《きれい》なところで綺麗なことをしている人だと思っていたよ」

「そういう聖女もいます。私はかなり特殊《とくしゅ》で……」

ジュリエッタは、その台詞《せりふ》を言いたいのは自分の方だと思ってしまった。こうしていると、ルキノは下町の軟派《なんぱ》な気のいいお兄さんに見えてしまう。

「おかわりありますよ～！」

ルキノの護衛騎士が村人に声をかけている。

ジュリエッタはぱっと立ち上がり、スカートを慌ててはらった。

「私も手伝います！」

ルキノと共に片づけを手伝い、家へ帰っていく子どもに手を振り、怪我をしている人に手を貸し、それから村長の家に戻る。

村長の息子夫婦の部屋に入ってベッドを整えたあと、神に夜の祈りを捧げた。

「神よ、我らに安らかな眠《ねむ》りをお与えください。眠りの中でも、私の愛する方々をお守りください」

「……神よ、我らに安らかな眠りをお与えください、っと」

なにを思ったのか、ルキノも真似《まね》して神に祈りを捧げてくれる。

「ほらさ、これでも俺は聖人だしね。形だけでもって」

ルキノは手を伸《の》ばし、ランプの灯《あか》りを消す。そのあと、小さく「あっ」と言った。

「つけたままの方がいい？」

「大丈夫です。村長さんの家の油を、好き勝手に使うわけにはいきませんから」

皆、戦争に怯《おび》えながら節約して暮らしている。大変なときに村を訪《おとず》れてしまって申し訳ない。

「……ジュリエッタちゃんってさ、事情がある気の毒な子にも、いいところの上品なお嬢《じょう》さんにも、下町育ちのたくましくて優しい女の子にも、勇ましくて立派な聖女さまにも見える。不思議だね」

ルキノの言葉に、ジュリエッタは驚いた。

（この人は、私のことをよく見ている……）

そして、相手をよく見ているのは自分も同じだ。

「貴方も私がイメージしていた皇王ではありませんよ。下町の気のいいお兄さんに思えます」

ちょっと軟派で顔だけでも生きていけそう……というところは呑み込んでおく。

「いやぁ、それはそうでしょ。俺、下町育ちの平民だし」

「そうだったんですか。…………平民？」

その言葉を聞いて、ジュリエッタはある可能性に思い至る。

「もしかして、前皇王の庶子《しょし》だったのですか……!? はっ、それなら、『ルキノ』という名前が皇位継承権の百位以内になかった理由も……！」

皇王の血を引きながら、継承権を認められていなかった。

そういう事情があったのか……とジュリエッタが納得《なっとく》していたら、ルキノが暗闇《くらやみ》の中でけらけらと笑う。

「いや、傍系《ぼうけい》も傍系。俺の曽祖母《そうそぼ》が貴族で皇位継承権を持っていたらしくて、でも平民の曽祖父《そうそふ》と駆け落ちして、それで俺も一応継承権を持っていたんだ。たしか……百二十四位とかじゃなかったっけ？」

「百二十四位!?」

ジュリエッタは暗くて見えないとわかっていても、ついルキノの顔を見てしまう。

「俺もあんまりよく知らないけれど、皇族一家はもう皇国を脱出《だっしゅつ》したらしいよ」

「亡命政権を作るということですか？」

「どうなんだろうねぇ。でも、皇族って、国外に出ると皇位継承権の放棄《ほうき》とみなされるらしくて。それで、俺の順位がどんどん繰り上がって、国内にいる人も皇王になりたくないって放棄して、ついには俺が一位になっちゃった。俺のところにきた書記官が『皇位継承順位一位ですがどうしますか？』って言ってきたときには、流石に驚いたよ」

「百二十三人も継承権を放棄していたんですか!?」

ジュリエッタはベッドに入っていたのに、つい起き上がってしまった。

そんなことがあるのだろうか。いや、あったからルキノは皇王になったのだろう。

（うそ……！　信じられない……！　でも、それなら『ルキノ』の名前を私が知らなくても当然だわ……！）

知識の聖女として、皇国の情報集めを怠《おこた》らないようにしていた。

しかし、やはり知識というのは、ただ持っているだけでは駄目《だめ》だ。

（ルキノは平民の皇王……。だとしたら、色々納得できるところがある……！）

おそらく、ルキノには参謀《さんぼう》のような人がいるのだろう。その人に「敗戦処理に知識の聖女の頭脳と権力を使いたいから、こういう理由をつけてなんとか連れ帰ってきてください」と言われ、ルキノはその通りにしただけだ。だから敗戦処理がどういうものなのか、本当によくわかっていなかったのだろう。

（私はずっと、ルキノのことを皇族の誰かだと思い込んでいたから……！）

平民視点で物事を見ているのなら、ルキノの言っていた「俺はなにも考えていない」の意味がよくわかる。

ルキノは皇王教育を受けていなかった。国のためという大義名分なんてものは考えられない。それでも……。

「……貴方は、皇国が敗戦することをわかっていながらも、民のために皇王になったんですね」

ルキノは生まれたときから皇王の心得を持っていた。

ジュリエッタは、すごい……と息を吐《は》いてしまう。

「俺はそんなに立派な人間じゃないよ。こんなときに皇王を引き受ける奴なんて、どんな理由があろうと絶対にどこかがおかしいって」

ルキノは指で頭をとんとんとつつく。

「ジュリエッタちゃんには、妹とか弟とかいる？」

「私は捨て子だったんです。いるかもしれませんが、ちょっとよくわからなくて……」

「あ〜ごめん。……俺には妹がいるんだけれど、ジュリエッタちゃんと同い年ぐらいだと思う。いくつだっけ？」

「十六歳です」

「やっぱり同じだ。俺の妹は、俺と違って真面目で立派でしっかり者なんだ。……みんなが皇位継承権を放棄しました。貴女《あなた》が次の皇王です——って言われたら、なら民のために皇王になりますって言い出すいい子なんだよ。ジュリエッタちゃんが俺たちの家の近所に住んでいたら、絶対に妹と仲よくなっていただろうなぁ」

妹の話になったとき、ルキノの声が少し変わった。

軟派な人だな、と思っていたけれど、今は妹を心配する兄にしか見えない。

「さすがにさ、妹にそんなことをやらせるわけにはいかないって。だってさ、難しいことをよくわかっていない平民の俺にだって、敗戦したときの皇王は処刑か幽閉《ゆうへい》になるってわかるよ」

あはは、とルキノは軽く笑う。

「だからまあ、妹を生かすために俺が皇王になった。でも、生まれが生まれだから、敗戦処理をどうしたらいいのかわからない。書記官と相談して頼《たよ》れる人はいないかな〜って話になったとき、四百年前の誓約をちらつかせて知識の聖女サマのお力を借りようっていう提案をされたわけ」

「……そうだったんですね」

ジュリエッタにとってのルキノは、よくわからない皇王から始まった。

それが下町にいそうなちょっと軟派な青年になり、民想いの立派な皇王となり――……妹想いの兄となった。

（私は、少しだけこの方のことをわかってきたかもしれない）

ルキノには、大事なものを守ろうとする優しさと強さがある。

初対面だとルキノの内面をそこまで読みきれなくて、『余裕《よゆう》があるし、なにか裏がありそうだ』と誤解してしまうのだろう。

「――でも、ジュリエッタちゃんが予想外でさ」

ふっと空気が動く。

暗闇の中、かちりという音が聞こえ、ランプの灯りがついた。

「これを持って逃げていいよ」

「……はい？」

「俺はジュリエッタちゃんのことを、人として見ていなかった。もっと年上の大賢者《だいけんじゃ》サマをイメージしていたんだよね。ごめん。……ちょっと一緒にいただけだけれど、とてもいい子だとわかって、もしかしたら妹の友達になっていたかもしれないと思ったら、こっちの事情に巻き込むのが申し訳なくなってきた」

ランプの灯りによって、ルキノの表情がぼんやり見える。

彼はとても優しい顔をしていた。

「俺の分の誓約書はここにあるから、なんならそれも持っていって破いていいよ。破けば効力がなくなると思うんだけど」

「……待ってください！　それだと貴方が困りませんか⁉」

「ん〜、ようやく気づいたんだけれど、俺は真面目に頑張っているいい子が好きなんだと思う。いい子のジュリエッタちゃんには、笑っていてほしいな」

ルキノは、強引《ごういん》な方法で知識の聖女を手に入れたのに、あっさり手放そうとしている。

きっと、本当に皇王教育を受けた人ならば、ジュリエッタを牢《ろう》に繋いででも協力させようとしただろう。

（この人は……、誰よりも立派な皇王で、誰よりも優しくて強い人）

ジュリエッタは、自分にどうしたいのかを問いかけた。

──迷いはある。戸惑《とまど》いもある。けれども、もう答えは出ていた気がする。

ジュリエッタは手を伸ばし、ランプの灯りを消した。

「聖女である私の役目は、力なき人々を救うことです」

本心を零《こぼ》せば、ルキノの息を吐く音が聞こえてくる。

「それはとてもご立派だけれど、たまには自分を優先してもいいんだよ。敗戦処理が無事に終わっても、あまり気持ちのいい結果にはならないだろうしね」

ルキノの言葉には、国のためなら犠牲《ぎせい》になってもいいという覚悟が含《ふく》まれていた。

（この方はもう死ぬ覚悟を決めているのかもしれない）

ルキノはジュリエッタに「敗戦処理に失敗したら俺は死ぬ」と脅《おど》してきた。

けれども、ルキノにとっては、ジュリエッタに本気で敗戦処理をしてほしくてそう言っただけだったのだろう。

（諦《あきら》めないでほしい……！　まだ、未来は決まっていない！）

絶望と戦っている人々や、妹、国のために皇王を引き受けてくれたルキノの命とその未来を、救いたいと思った。

ようやくジュリエッタは、本当の意味で聖女になれたのかもしれない。

「……私、本当は聖女になってはいけなかったんです」

この話をすると、きっと情けない顔をしてしまう。部屋が真っ暗でよかった。

「誰にも望まれない聖女であることがとても苦しかったんです。……ですが、やっとわかりました。苦しむ人々へ救いを与えるために、皇妃《こうひ》となって聖女の資格を返上することが、私のやるべきことだったんです」

神の導きがあるとしたら、ルキノは神に遣《つか》わされた救世主だろう。

聖女になった意味を探し続けるあの日々が、ルキノのおかげで終わる。

「聖女としての最後のお役目が終わったら、きっと私は楽になれます。どうか、私のわがままを優先させてください」

ルキノには、ジュリエッタがただ可哀想《かわいそう》に見えているのかもしれない。

しかし、ジュリエッタにとって、聖女を辞《や》めることは救いだった。

「俺はよく知らないけれど、たしかジュリエッタちゃんは、四年前にフィオレ聖都市をドラゴンの襲撃から救った功績で知識の聖女になったんだよね？」

「はい」

ドラゴンは賢い生き物だ。大昔、人間との争いを避《さ》けるために、ドラゴンと心を通い合わせることができた一族の導きに従い、世界の端《はし》にある大きな渓谷《けいこく》で暮らすようになったと言われている。

しかし、ときどきこちらまで迷い込んでくるドラゴンがいるのだ。そして、人間の前に現れたドラゴンは、なぜか凶暴化《きょうぼうか》していることが多い。

四年前にフィオレ聖都市へ迷い込んできたのは、ドラゴンの中でも特に大きな身体を持つヴァヴェルドラゴンと呼ばれるものだった。

ヴァヴェルドラゴンの毒炎《どくえん》のブレスは、建物を燃やした。聖都市に住む聖職者たちは、呼吸をするだけで苦しくなった。

神聖力はあくまでも『守る』ための力である。攻撃《こうげき》には向いていない。神の怒《いか》りである電撃を発生させることはできるけれど、ドラゴンのように耐魔力《たいまりょく》の皮をもつ生き物にはあまり効果がなかった。

——そのとき、ジュリエッタは十二歳。

ジュリエッタは枢機卿カルロ・ソレの宣教の旅についていくこともあったため、カルロから旅の危険について書かれた本を読むようにと言われていた。

勧められた様々な本の中に、ヴァヴェルドラゴンの生態について書かれていたものもあった。ジュリエッタは急いでヴァヴェルドラゴンが好む匂《にお》いを放つハーブを集めた。

そして、ヴァヴェルドラゴンがハーブの匂いに惹《ひ》かれて降り立ったところを狙い、神聖魔法で大地を砕《くだ》き、ヴァヴェルドラゴンの足を大地に食いこませた。そのあと、動けなくなったところを狙い、皆で拘束《こうそく》魔法をかけたのだ。

「私はヴァヴェルドラゴン退治の功績を讃《たた》えられ、当時お世話になっていた枢機卿カルロの働きかけもあって、知識の聖女の認定《にんてい》試験を受けることになったんです」

カルロは聖人認定されていた序列第二位の枢機卿で、賢者と名高い人物だった。

彼がそう言い出せば、皆は反対したくてもできなかっただろう。

(聖人カルロ……貴方はどうして私を聖女に推薦《すいせん》したのですか……?)

ジュリエッタが神に仕える道を選んだのは、施設を訪問しにきたカルロに声をかけられたからだ。

——君は聖書を黙読《もくどく》できるんだね。

幼いジュリエッタは、ようやく字を覚えたところだった。

字を読むのは楽しい。しかし、聖書は施設に一冊しかないし、子どもはすぐに大事な聖書で遊び出してしまう。

ジュリエッタはいつも昼寝《ひるね》の時間を利用し、他の子を起こさないように黙《だま》って聖書を読んでいた。それはジュリエッタにとって当たり前のことだったけれど、カルロにはそうではなかったようだ。

——この子には神学の才能がある。神に仕える道を授《さず》けたい。

施設にとっては、孤児が少なければ少ないほど助かる。

ジュリエッタはカルロに預けられ、フィオレ聖都市の門を叩《たた》くことになった。

そして神聖力検査の結果、神聖力を持っていることが判明する。ジュリエッタは、修道女見習いではなく助祭として迎え入れられた。

カルロはジュリエッタに様々なことを教えてくれた。ジュリエッタは、カルロの仕事の手伝いを通して、フィオレ聖都市の運営方法を学んだ。それはのちにジュリエッタを大いに助けてくれた。

(あの方は、どこまで見通していらっしゃったのかしら……)

賢者と名高いカルロの指導を受けていたジュリエッタは、聖女認定試験に合格してしまった。それも、不正は一切《いっさい》なく、ただの実力で。

「知識の聖女の認定試験は、枢機卿から出される百の問題に答えるというものでした。大聖堂で行われる、一般《いっぱん》にも公開される試験だったんです。本来は不正がないことを示すための方法だったのですが……」

ジュリエッタは、どの問題にも丁寧に答えていった。

最初は皆、賢い助祭だと喜んでいただろう。

「……みんな、百の問題の全てに正答するなんて思っていなかったんです。よく頑張りましたね、聖女には認定されませんでしたがとても立派でしたよ。——……皆の描《えが》いていた未来は、それだけのことだったのに、私は皆の前で全問正解してしまいました」

「なるほど。ジュリエッタちゃんは、受かるはずのない難しい試験に受かった本物の知識の聖女だったんだねぇ」

すごい、とルキノは小さく拍手《はくしゅ》してくれた。

けれども、ジュリエッタは首を横に振る。

「聖人カルロが聖女認定試験に受かるような指導を私にしていたからです。あの方の教えを受けていなければ、私は全問正解なんてできませんでした……！」

「……ん？　それってなにがいけないわけ？　教えてもらったことをきちんと理解して覚えて、それで全問正解したって話だよね？」

ルキノは首を傾げる。

ジュリエッタは、そうではないと顔を上げた。

「いけません！　聖女は、偉大なる神聖力を持った……多くの人々に奇跡を与える存在でなければならないのです！　試験に合格するだけなら、お決まりの書類仕事をするだけならば、できる人は他にもいるんです！　私の存在は奇跡ではありません！　聖女と名乗ってはいけなかったんです……！」

聖女とは、神の力を借りて奇跡を起こす者だ。

ジュリエッタに奇跡は起こせない。小さな怪我を治すことしかできない。

聖女に推薦してくれたカルロは、ジュリエッタが聖女になったことを喜んだあと、ジュリエッタにフィオレ聖都市の未来を託《たく》して神の国の門をくぐった。

ジュリエッタは、自分を保護する者がいなくなったあと、ようやく自分の立場というものに気づいたのだ。

「私は……、どこかで間違えなければならなかったんです。みんな、私を聖女にするつもりなんてありませんでした。そのことに気づかず、私は……」

聖女認定試験の証人があまりにも多すぎた。なかったことにできなかった。

普通の神聖力しかない助祭が聖女に……？　と枢機卿たちは思いながらも、ジュリエッタを聖女にするしかなかったのだ。

「聖女は神に仕えることを誓《ちか》った者。私の意志で辞めることはできません。……私は、せめてもとできることはなんでもしてきたのですが……」

知識の聖女の名にふさわしいように、もっと知識を。

聖女としてフィオレ聖都市をよき方向へ導けるように、会議に出席し、意見を述べてまとめることを。

奇跡の存在になれるように、神聖魔法の練習を。

——あれからジュリエッタの知識は増えただろう。その知識はフィオレ聖都市の運営に多少は役立っただろう。

けれども、神聖力だけは努力しても変わらなかった。神聖力の大きさは、生まれたときに決まる。努力しても、扱《あつか》い方が少し上手くなるだけだ。

「今回、私が皇妃になるという誓約書にサインをしたとき、枢機卿たちはようやく安心できたと思います。……聖女にふさわしくない聖女が、正式な理由でいなくなってくれたことに」

ルキノが誓約を求めてきたとき、みんな「こんな誓約はおかしい！」と怒《おこ》ることはなかった。

彼らはジュリエッタから視線を外し、賢者の杖の返却を求め、荷物をまとめるための鞄を用意した。

「あ～、俺があっさり知識の聖女さまを手に入れられたのにはそういう事情が……。もっとフィオレ聖都市に嫌《いや》がられると思っていたから驚いたんだよね。……そっか、ジュリエッタちゃんはずっと頑張ってたんだ」

「いいえ……！　努力は当たり前のことです！」

「そんなの当たり前じゃないって。聖女認定試験を受ける前も、受けたときも頑張って、そのあとも頑張った。周りがそんな感じなのに、怒らず拗《す》ねずに、それどころかお仕事をきちんとやっていた。俺は偉《えら》いと思うなぁ。うん、偉い、偉い」

ルキノは立ち上がり、ジュリエッタのベッドに座ってくる。きっとルキノは近くでジュリエッタの情けない顔を見ているのだろう。けれども、うつむいているジュリエッタからは、ルキノの表情がわからない。

「私は偉くありません……」

「偉いって。なにをどう思うかは人それぞれ。だから俺は偉いと思っただけ。もちろん、偉いと思わない人もいるだろうね」

みんなもそう思っているよ、と言われたら、きっとジュリエッタは反発しただろう。しかし、ルキノは『俺は』を強調してくれた。だから、一人だけならそう感じることもあるかもしれないと、ジュリエッタは受け入れることができたのだ。

「……ありがとうございます」

ジュリエッタの肩にルキノの腕が置かれる。馴《な》れ馴《な》れしい仕草だけれど、ジュリエッタはこの近すぎる距離感《きょりかん》になんだか安心してしまった。

「偉い子は褒《ほ》められるべきだ。……まぁ、俺なんかが褒めても、ジュリエッタちゃんは嬉《うれ》しくないかもしれないけれど」

ルキノが肩をすくめるような仕草をする。

ジュリエッタは暗闇の中で、ルキノの顔を見上げた。

「嬉しかったです！」

他の人だったら、お世辞を言われただけだと思っただろう。

けれどもルキノなら——……下町の軟派ないい青年に思えるこの人なら、本気でそう思ってくれたことを信じられる。

（今の私には、この方のことがよくわかる。裏表のないとてもいい人だわ）

ルキノは、妹を守りたいというただそれだけの気持ちで皇王を引き受けてくれた、優しくて強い人だ。

民をどうにかして救おうと必死になってくれる立派な皇王だ。

そして――……ジュリエッタに「逃げてもいい」と言える人だ。

「貴方がいい人だから、こんな話ができたんです。貴方の言葉だから私は嬉しいんです……！」

ジュリエッタが必死に訴《うった》えれば、ルキノは息を呑む。それから、ふっと笑った。

「そうかぁ。ジュリエッタちゃんに喜んでもらえたら俺も嬉しいよ。でも、俺はいい人じゃなくて、妹とジュリエッタちゃんが大事なだけ。……で、どこかがおかしい奴」

「妹さんを大事にすることは、おかしいことではありません。出会ったばかりの私を大事にしようとするのは珍《めずら》しいかもしれませんが……。いえ、珍しくないですね」

ジュリエッタはルキノに微笑みかける。

「出会ったばかりですが、私も貴方を大事にしたいです」

ジュリエッタとルキノは平民の生まれだ。人間の根っこの部分が似ている。

一緒にいて気が合うとか、相性《あいしょう》がいいというのは、一般的に……。

「えぇっと、互《たが》いを大事にしようとしていますし、……私たちは……友達、のような関係ですね」

ジュリエッタがなんだかこういうのいいな、と思っていたら、ルキノがランプの灯りをつけた。そして、顔をぐっと近づけてくる。

「それもいいんだけれど、俺たちは敗戦処理のために協力し合う皇王と聖女だからさ、友達よりもっと進んだ関係……、そう」

ルキノはジュリエッタとの距離を更《さら》に縮めてきた。

「──〝相棒〟ってやつじゃない？」

ジュリエッタは知識の聖女だ。

聖女はあと二人いたけれど、彼女たちは聖女になるべきではなかったジュリエッタと親しくする気はなさそうだった。ジュリエッタをいないものとして扱っていた。

だから、ジュリエッタはいつも一人だった。

ずっと一人で申し訳なさを噛《か》み締めながら、喜びも悲しみも、すべて自分の中で完結させていたのだ。

「貴方が、私の相棒……？」

「あ？　馴れ馴れしすぎた？　お友達からにしておく？」

「……いいえ！」

ジュリエッタは慌てる。

相棒！　私に相棒！　なんて素敵《すてき》な響《ひび》きなのだろうか！

興奮のあまり、どきどきしてきた。胸が熱くなる。嬉しくて叫びたくなる。

「私たちは相棒です！　私は知識の聖女として、皇国の民を可能な限り救います！　私は、このために知識の聖女になったんだと思います！」

ジュリエッタは、聖女になった意味をようやく見つけた。

聖女は人々を導く存在だ。最後の最後で、ジュリエッタはイゼルタ皇国の迷える民をわずかに救えるのかもしれない。

「そっか。ならよろしく、〝相棒《ジュリエッタ》〟」

「はい！　よろしくお願いします、〝相棒《ルキノ》〟」

ジュリエッタは、神に祈りを捧げる。

──神よ、我らに救いをお与えください。どうかこの者をお守りください。

敗戦処理に失敗したら、ルキノは死ぬ。

ルキノは、妹と民を救えるのならそうなっても仕方ないと思っているのだろう。

けれども、ジュリエッタにとっては、ルキノも守るべき存在だった。

ルキノは静かに寝返《ねがえ》りを打つ。

ジュリエッタが隣のベッドで眠っている。起こすわけにはいかない。昼間、一番頑張ってくれたジュリエッタには、少しでも休んでほしかった。

(この世界にも『聖女さま』ってのが本当にいたんだなぁ)

——誰にでも優しくて、誰にでも手を差し伸べながらも、間違っている人に駄目だと言える強さや、弱き者を守る力もあり、辛《つら》くてもまっすぐに生きている。

ジュリエッタは、聖書に書かれているような完成された聖人だ。そこに他人が入る余地なんてない。だからこそ、人によっては「いい子だけれどつまらない女」という評価をするだろう。

(でも、……俺は好きだな、そういう真面目ないい子。ジュリエッタの傍《そば》にいたら、間違えたときに駄目だと言ってくれそうだし)

ルキノはジュリエッタに好意を抱《いだ》いた。

しかし悲しいことに、ジュリエッタからの好意はさやかなものである。

(いい子だから、俺のことを褒めてくれるけれどね)

ついさっき、『貴方』ではなく『ルキノ』と呼んでくれるようになったばかりだ。

これまで知り合ってきた女の子たちとは違い、ジュリエッタは時間をかけないと仲よくしてくれないだろう。

——明日になったら、もう少し仲よくなれるかな。

残された己《おのれ》の命の使い方は、いい子のジュリエッタが傍にいてくれたら、絶対に間違えない気がしてきた。

第二章

魔法《まほう》のかかった馬車は、あっという間にジュリエッタとルキノを皇都に届けてくれた。

皇都の大通りを馬車の中から眺《なが》めていたジュリエッタは、人通りがあまりにも少ないことに気づく。そして誰《だれ》もが暗い顔をして足早に歩いているように思えた。

住宅の窓には木板が打ちつけられているし、大通りからは燃えそうなものが片づけられている。

(みんな戦争の準備をしている……)

ジュリエッタは知識の聖女だ。フィオレ聖《せい》都市によって集められた情報を、すべて閲覧《えつらん》することができる。皇国《こうこく》の状況《じょうきょう》ももちろん知っていた。

メルシュタット帝国《ていこく》は皇都近くまできている。もうじき攻《せ》めこまれる。皇国の軍隊はほぼ機能していない。負けることは確定しているのだ。

「あ〜、よかった。まだイゼルタ皇国があるみたいだよ」

そんな中で、ルキノは皇城にかけられている皇旗を見て明るく笑う。

「あれは……ルキノの皇旗ですか？」

「そうそう。皇王が代替《だいが》わりしたら、皇旗のドラゴンの辺りをちょっとだけ変えるんだってね」

「……前の皇旗に、林檎《りんご》を足しただけではありませんか？」

「よく知ってるね。さすがは知識の聖女」

ひゅう、とルキノは口笛を吹《ふ》く。

「俺、皇王になる前も皇王になってからも、皇旗の絵を描《か》けと言われても描けないよ。ドラゴンがいて剣《けん》もあって～……ぐらいの認識《にんしき》だった」

「私も突然描けと言われたらひどいことになりそうですけれど……」

おそらく、新たな皇旗をデザインする余裕《よゆう》がなかったのだろう。ルキノたちは林檎の刺《し》繍《しゅう》を足すという方法で新しい皇旗を作ったようだ。

(この国、本当に大変なことになっているわ。刺繍の出来さえも……その)

多分、林檎だろう。そういう刺繍にしかなっていない。

「ドラゴンの好物は林檎だっていうからさ、前のに林檎を足そうって俺が言ったんだ。どうせ新しいのをきちんと作っても、すぐ下ろすことになるし」

「ええっと……、ドラゴンは林檎を好んでいるというわけではなくて……林檎に似たポラムの実が好きなんですよ」

「え？　なに、そのポラムの実って」

「今はドラゴンの渓谷《けいこく》でしか採れないと言われている失われた果実です。赤い実だったので、後世ではよく誤解されて林檎のように描《えが》かれますが……。ポラムの実の匂《にお》いに似たハーブならまだ採れますね」

「うわぁ、もしかして、ドラゴンになんで林檎をつけたの？　って感じの皇旗になってる？　ま、いっか。今しか使わないし」

ルキノが大事なことを「まぁいいか」で終わらせる。

ジュリエッタは、よくないのでは……？　と心配してしまった。

（ルキノがなにも考えていないというのは、もしかしてこういう……）

皇旗についてはもう少し考えてほしかったと思っていれば、馬車がいよいよ皇城に入る。

普通《ふつう》なら、兵士たちが両側に並び、ファンファーレが鳴《な》り響《ひび》いて、宰相《さいしょう》が皇王の無事を喜ぶ言葉を述べるだろう。

しかし――……そのどれもない。

（ここは本当にイゼルタ皇国の皇城よね……!?）

もう誰もいないからいいだろうということで、馬車は随分《ずいぶん》と奥まで進んだ。

そこでようやく、皇城の大きな扉《とびら》の向こうから年若い青年が駆《か》けてくる。

「皇王陛下《へいか》！　お帰りなさいませ！」

服装からすると、侍従《じじゅう》ではなく若手官僚《かんりょう》といったところか。

ルキノはただいまと言ったあと、栗色《くりいろ》の髪《かみ》にセピア色の目の年若い青年を指差した。

「エミリオ・サルトーリ。皇城に残った書記官の中で一番偉《えら》い人なんだって。ジュリエッタの力を借りようって提案したのがエミリオだよ。あ、この子が聖女のジュリエッタね」

「お初にお目にかかります！」

エミリオが「聖女だ……！」という興奮した顔を向けてくる。

「知識の聖女ジュリエッタです。聖血の誓約《せいやく》に従い、皇王ルキノの手伝いをしに参りました。よろしくお願いします」

「エミリオ、ジュリエッタの世話をしてくれそうな女の子はいる？」

「探してきます！」

今のやりとりだけでも、皇城の使用人のほとんどは脱出済《だっしゅつず》みであることがわかった。

ジュリエッタは敗戦処理のために呼ばれたのだけれど、その大事な作業を手伝ってくれる人はどれだけいるのだろうか……と不安になってくる。

「あ、ジュリエッタ。こっちこっち」

ルキノが歩き出したので、ジュリエッタは鞄《かばん》を持ってついていく。

皇城に入ってすぐのところ、大階段の踊《おど》り場《ば》に大きな台座と聖女像があった。その聖女像の瞳《ひとみ》には、赤い宝石が埋《う》めこまれている。

「これ、四百年前の大聖女サマの像なんだって。赤い目の聖女像は大体そうらしいよ」

「赤い瞳は、ドラゴンと心を通い合わせられる古《いにしえ》の一族の血を引いている証《あかし》。四百年前の聖女さまもその一族の血を引いていたと言われていますね」

「流石《さすが》は知識の聖女。偉い聖女サマの話が、どこまで大げさで、どこまで本当なのか、俺は皇国生まれのくせにちっともわかっていないんだけれどさ。……この立派な像は台座みたいなもので、大事なのは杖《つえ》の方らしいよ」

赤い目の聖女像が手にしているのは、四百年前の聖女が持っていた賢者《けんじゃ》の杖だ。

ジュリエッタは、フィオレ聖都市に残された記録から、この賢者の杖が本物であることを知っている。

「えーっと、たしかこう……。宣誓書《せんせいしょ》にサインしたあとだから、城内の封印《ふういん》魔法のほとんどは解けるようになってるってエミリオが言ってて……」

ルキノが台座に手をかざす。すると、地響《じひび》きのような音が鳴り、皇王にだけ反応する封印魔法が解けていった。

聖女像の手がゆるめられると、ルキノは躊躇《ためら》うことなく台座に足をかけて上り、聖女の手から杖を引《ひ》き抜《ぬ》く。それを「はい」とジュリエッタに渡《わた》してきた。

「どうぞ。前に持っていた杖は置いてきたって言ってたよね？」

「はい、そうです……って、ええ⁉　これは本物ですよね⁉　四百年前の聖女の……！」

賢者の杖の先端《せんたん》にはめこまれているのは、ヴァヴェルドラゴンの目だ。

四百年前の皇王と聖女は、皇国に迷い込んできた二頭のヴァヴェルドラゴンと戦ったことがある。聖女の力によって片方は倒《たお》したけれど、もう片方は倒しきれずに封印することになったのだ。

そして、倒した方のヴァヴェルドラゴンから取り出した目は、聖女の杖につけられた。

ヴァヴェルドラゴンの目は強い力をもつ魔石《ませき》となるのだ。

これは間違《まちが》いなく国宝である。封印魔法をかけて飾《かざ》っておくべきものだろう。

「いけません！　こんな大切なものを私が……！」

「でもそれさぁ、民《たみ》を救うための杖なんでしょ。だったら、ジュリエッタが持っているべきじゃない？　杖だって使われたいって。使われるために作られたんだから」

ジュリエッタは、手の中にある賢者の杖をじっと見つめる。

この杖は、使われるためにある。その通りだ。

本当に自分が持っていてもいいのだろうか。しかし、あったら助かる。杖があると神聖力の操作に集中できるし、この魔石があればジュリエッタの大したことのない治癒《ちゆ》の力を増幅《ぞうふく》してくれるだろう。

「…………お、お借りします」

「もうそれ、ジュリエッタのものにしてよ。相棒のものは相棒のもの。……よっと」

ルキノは台座から飛び降り、いい仕事をしたと笑った。

「皇王陛下！　聖女さまの侍女《じじょ》を連れて参りました！」

そのとき、エミリオの声が響く。

ジュリエッタが賢者の杖を握《にぎ》りしめながら振《ふ》り返《かえ》れば、メイド服を着た赤茶色の髪の少女がぱっと頭を下げた。

「カーラ・タッソと申します！」

「カーラは皇女《こうじょ》さまの侍女をしていたのですが、皇族の方々がレヴェニカ国に避難《ひなん》なさったので、メイドの手伝いをしていたそうです」

ジュリエッタはその説明を聞いて、本当にルキノの皇位継承《けいしょうけん》権の順位が百二十三人分も繰《く》り上《あ》がったことを実感する。

（もう、国が国として機能していない……！）

今、皇城にはどのぐらいの人が残っているのだろうか。敗戦処理をしたくても、必要なものが揃《そろ》わないということになりそうだ。

「知識の聖女ジュリエッタです。よろしくお願いします」

「よろしくお願いします！　聖女さまのお荷物は私が！」

「カーラ、ジュリエッタに皇城の案内をしてあげて。大事な人だからよろしく」

「はいっ。聖女さま、こちらへどうぞ。皇妃《こうひ》さまのお部屋にご案内します」

カーラは大階段を上っていく。

ジュリエッタはカーラの説明を聞きながら、いくつか質問をしていった。

「皇族の皆《みな》さんはいつ頃《ごろ》レヴェニカ国に避難したのですか？」

「早い人は二か月前でした。そのときは、妊娠《にんしん》した方とお子さまだけだったんです。ここでは落ち着かないだろうからというだけの話だったんですが……。二週間前に、ラファエル皇子殿下《おうじでんか》が皆に避難しろとおっしゃいまして、そのときにほとんどの方が出ていきました」

フィオレ聖都市で暮らしていたジュリエッタは、イゼルタ皇国とメルシュタット帝国の戦争の状況を聞いてはいたけれど、細かいところまでは流石に知らない。あとで時系列順にどこでなにがあったのかを確認《かくにん》する必要がありそうだ。

（第二皇子ラファエルは頭脳明晰《めいせき》な人。彼が皆に避難しろと命じたのなら、レヴェニカ国に亡命政権のようなものを作るつもりなのかもしれない。だとしたら、大事な書類は持ち出されているはず。あとでルキノに、皇王であるための大事なものが揃っているのかどうかを聞かないと）

敗戦処理をしている最中に、亡命政権によって皇王はこちらにいると主張されるかもしれない。王朝が二つあって混乱したという前例はいくらでもある。まずはその辺りの心配をなくす必要がありそうだ。

「それと……、本当に申し訳ないのですが、皇城に料理人が残っておらず……」

カーラが申し訳ないという顔をした。

「大丈夫《だいじょうぶ》です。それなら私が料理をしましょうか？　普通の料理ならできると思います」

ジュリエッタは、施設時代と助祭時代に料理の手伝いをしていた。

とはいっても、作れるものはそこにあるものを入れるというスープだけである。

「いいえ！　聖女さまにそんなことをさせるわけには……！　メイドの料理になりますが、しばらくはそれで……！」

「手が足りなかったら言ってください。私は掃除《そうじ》も洗濯《せんたく》もできます」

「……！」

カーラは、聖女は裕福《ゆうふく》な暮らしをしているものだと思っていた。

しかし、ジュリエッタの話を聞いて、もしかして聖女だからこそ清貧《せいひん》な暮らしをしなければならなかったのだろうかと、その信仰心《しんこうしん》に感動する。

「カーラは避難しなくてもよかったのですか？」

「私は……、祖母が病気で動けなくて……。それで残ることにしました」

避難したくてもできなかった人がいる。

避難したくない人もきっといるだろう。

どうにかしてこの人たちの未来を守りたい……と、ジュリエッタは賢者の杖を持つ手に力を込《こ》める。

「ここが皇妃さまのお部屋です」

大きな扉を開けてもらったジュリエッタは、皇妃の部屋に入った。

中には立派なテーブルとソファ、暖炉《だんろ》がある。

カーラは隣《となり》の部屋の扉を開け、こちらへどうぞと言ってくれた。

「こちらがティータイムを楽しむ部屋で……」

「……？　ティータイムを楽しむ部屋は、あの部屋ではないのですか？」

「あちらは応接間です。お客さまを迎える部屋ですね」

カーラは次々に扉を開けていく。皇妃の部屋は合計で五つもあった。

ジュリエッタはそのことに驚《おどろ》いてしまう。

「皇妃はこんなに広いお部屋を一人で使うんですか⁉」

「はい」

ジュリエッタは、皇妃の部屋を使いきれないことを確信してしまった。なんだかこの部屋たちに申し訳なくなってしまう。

使われるために作られたのに、使われない。

たしかに賢者の杖は、自分が持っているべきなのだろう。

「聖女さま。本当に申し訳ないのですが、お部屋の掃除を今からしますので、お庭でティータイムを楽しんでいただけると……」

すみません！　とカーラは頭を下げる。

ジュリエッタは綺麗《きれい》な部屋なのに……と周囲を見た。

「前皇妃さまがお部屋を出ていってから手をつけていないので、埃《ほこり》があちこちに……」

「わかりました。……あ、ティータイムの準備はしなくても大丈夫です。私にはやるべきことがありますから」

ジュリエッタはいよいよだと気合を入れる。

まずは現状把握《はあく》。それが終わったら、ルキノの言った通り歴史上いくらでもある敗戦処理の前例を確認しつつ、これからの方針の決定だ。


「王冠《おうかん》と王笏《おうしゃく》と国璽《こくじ》がない……!?」

ジュリエッタはルキノに色々なことを尋《たず》ねてみたけれど、元は平民であるルキノに「なにもわからないからエミリオに聞いて、ごめんね」と言われてしまった。

次はエミリオに声をかけてみたのだけれど、最初のところでつまずいてしまう。

「それが、前皇王陛下が持ち出したようでして……」

「困りましたね。法に則《のっと》るのであれば、ルキノが皇王なのはたしかなのですが……」

イゼルタ皇国の皇王と皇位継承者は、皇国内にいなければならない。

かつての皇王が戦争で負けそうになったとき、避難した息子《むすこ》たちをそう言って叱《しか》り、皇位継承権に関する新しい決まりを作ったのだ。

従って、皇国の外に出てしまった皇王は皇位を返上したと見なされるし、皇国の外に出てしまった皇族は皇位継承権を放棄《ほうき》したと見なされる。

ちなみに例外は一つだけあって、国教のフィオレ教の聖地であるフィオレ聖都市に聖地巡礼《じゅんれい》することだけは許されていた。

「王冠と王笏と国璽なしにどれだけ正統性を訴《うった》えられるのか……」

これは法の抜け道を使うしかない。そういう前例はいくらでもある。

ジュリエッタは、フィオレ聖都市でも何度かそういうことをしてきたので、すぐに覚悟《かくご》を決めた。それに、ここにはフィオレ聖都市と違《ちが》って、文句を言う人は残っていない。

「宝物庫を見せてください」

ジュリエッタはエミリオと共に、大きな鍵《かぎ》がついている宝物庫に入る。

入り口に警備の兵士が立っていなかったので大丈夫かなと心配したけれど、ある意味、大丈夫だったのだろう。宝物庫の中はがらんとしていた。

「……うわぁ、やっぱり国宝も持ち出されていますね」

エミリオは目録を見ながら苦笑《くしょう》する。

「第二皇子殿下はしっかりした方なので、この目録に修正を入れてくれています。助かる……と言っていいのかわかりませんが」

真新しいインクで、目録に線が引かれていた。

おかげで、ここから持ち出されたものが一目でわかるようになっている。

「エミリオ、どんなものでも大丈夫です。冠《かんむり》と杖を見つけ出してください」

「どんなものでもよろしいのですか？」

「はい。今日からそれを『王冠』と『王笏』にしましょう」

ジュリエッタは、ひと通りではあるけれど、先ほど皇国法に目を通しておいた。

皇国法の中には、王冠と王笏と国璽が出てくる。けれども、その定義は書かれていない。

つまり——……皇王が「これが王冠と王笏と国璽」と言えば、それでいいのである。

「なるほど！　法律で定まっていないので、言ったもの勝ちになるということですね！」

書記官のエミリオは、皇国法をきちんと読みこんでいたらしい。ジュリエッタの提案に目を輝《かがや》かせ、そうしましょうと言ってくれる。

「国璽は……ええっと、芋《いも》を彫《ほ》って…………」

どうでしょうか？　とジュリエッタが首を傾《かし》げれば、エミリオは「流石にそれはちょっと……」と止めてきた。

ジュリエッタは、新たな王冠と王笏をルキノに見せに行った。

歴代皇王の肖像画《しょうぞうが》に一度も描かれていないこの古びた冠は、四百年前にヴァヴェルドラゴン退治をした皇王が、祝いのパレードのために作らせたものである。

冠の中央には、ヴァヴェルドラゴンの胃から出てきたといわれているルビーがはめられていた。ちなみにこのルビーの逸話《いつわ》は、どこまで本当のことなのかはわかっていない。

「これとこれが新しい王冠と王笏か。ん～、ごめん、元々がどういうものか知らなくてさ。これでいいよとしか言えないな」

もしもルキノが皇王教育を受けていれば、ジュリエッタの『法の抜け穴《あな》を探す』というやり方を嫌《いや》がったかもしれない。

しかしルキノは下町育ちの平民なので、なにも考えていないと言った通り、ジュリエッタの提案になんでもすぐに頷《うなず》いてくれた。

「国璽は城下町の鍛冶屋《かじや》にそれっぽいものを作ってもらっている最中か。……俺は芋判子でもいいけれど」

「芋判子だと耐久性《たいきゅうせい》がちょっと……ということになりました」

「どうせ、あとひと月ぐらいしか使わなくない？」

「敗戦処理中に作る書類はおそらく千枚を超《こ》えますよ。途中《とちゅう》で芋が壊《こわ》れると思います」

「うわぁ……そんなに判子を押して、そんなにサインをするんだ」

腕《うで》が持つかなぁ、とルキノは苦笑する。

「これから軍の記録を確認して、メルシュタット帝国の軍があと何日で皇都に着くのか、戦って何日持つのか、戦わずに籠城《ろうじょう》したら何日持つのか……その辺りのこともはっきりさせて、前例と比較《ひかく》してどれを選ぶのかを考えますね」

「よろしく～。いやいや、ジュリエッタって本当に働き者だよね。偉い偉い」

「ルキノも働き者ですよ。……ありがとうございます。力なき人々を見捨てずに受け入れてくれて」

ルキノはなにをしているのかというと、城下で一人暮らしをしているお年寄りを迎えに行き、皇城に運んで、面倒《めんどう》を見るということをしている。

皇王らしくない行動だけれど、ジュリエッタはそれでいいと思っていた。

皇王は必要な書類に国璽を押し、サインをすることが仕事だ。それさえしてくれるのであれば、あとはしたいことをすればいい。

「ジュリエッタはさ、敗戦処理が終わったらどうする？」

「貴方《あなた》が皇王である間に貴方と結婚《けっこん》します」

「……しなくてもよくない？」

「それは誓約違反《いはん》です。そのあと離婚《りこん》するかどうかは自由だと思います」

「あ、なるほどねぇ。たしかにそこまでは誓約してなかった。離婚しちゃえばいいのか」

誓約はきちんと果たさなければならない。そのあとは……。

「でも、私は相棒を見捨てることはしません。貴方が皇王を辞《や》めたあとに行くところがないのであれば、どこかで一緒《いっしょ》に救護院を開きましょう。私の神聖魔法があれば、どうにかなると思います」

「うわぁ、俺の相棒ってすごく頼《たよ》りになるね」

「頼りにしてください。……だから、諦《あきら》めては駄目《だめ》ですよ」

ルキノはきっと、民を救えればそれでいいと思っている。

しかしジュリエッタは、ルキノの命も救いたかった。皇国は失われるかもしれないけれど、そのあともルキノの人生は続いていってほしい。

「貴方が私を大事にしてくれるのと同じように、私も貴方を大事にしたいです。二人で頑《がん》張《ば》りましょう」

ジュリエッタは、慣れない言葉を口にする。

ルキノは目を見開いたあと、照れくさそうに笑った。そしてなぜか拳《こぶし》を握り……う〜んと苦笑する。

「ジュリエッタはいい子だよね」

「そうでしょうか？　私は普通のことしか言えませんし、できませんよ」

「それをいい子って呼ぶんじゃないかな？　……ジュリエッタって、誰かを叱ったことはある？」

突然《とつぜん》話が妙《みょう》なところに転がった。

ジュリエッタは首を傾げながら、叱るという経験を思い出す。

「施設にいたときも、フィオレ聖都市にきてからも、叱るというほど強くはないですけれど、注意ならしています。人を叩《たた》いてはいけませんよとか、廊下《ろうか》を走ってはいけませんとか……」

誰だってそういう経験はあるはずだ。

ルキノは兄だから、妹に注意する機会はあっただろう。

「いいね、それ。……俺は時々悪い子になるからさ。そのときは叱ってね」

ルキノの言葉は、冗談《じょうだん》なのかそうではないのか、いつもよくわからない。

今回も面白《おもしろ》がる響きを言葉に持たせながらも、なぜか目がとても真剣《しんけん》で、どう捉《とら》えたらいいのかを迷ってしまった。

「わかりました。寝坊《ねぼう》したときは遠慮《えんりょ》なく起こします」

「助かるよ。よろしく」

ルキノの雰囲気《ふんいき》がぱっと元に戻《もど》る。

ジュリエッタは、どうしてなのかわからないけれど、ほっとしてしまった。

「失礼致《いた》します。軍の記録をお持ちしました」

そのとき、廊下から声をかけられる。

ルキノは呑気《のんき》な声で「入っていいよ」と答えた。

普通は入り口に衛兵を立たせているだろうし、侍従が応対するだろう。しかし、衛兵も侍従もいないので、皇王が声を張り上げるしかない。

「この人はオルランド・グリッジ将軍。軍の責任者だって」

「初めまして、聖女さま。お目にかかれて光栄でございます」

ルキノは、入ってきた五十歳ぐらいの男性を紹介《しょうかい》してくれる。

オルランドは、聖女を連れてくるという話をルキノから聞いていたのだろう。ジュリエッタの姿に驚くことはなく、丁寧《ていねい》な挨拶《あいさつ》をしてくれた。

「聖女ジュリエッタです。資料はこちらのテーブルにお願いします」

多くの軍人が辞めていったという話は、エミリオから聞いている。

残った軍人は、カーラのように家族が動けなかった者と、そしてオルランドのように強い愛国心を持つ者だけだ。

「じゃあ、あとはよろしく」

ルキノは手を軽く振り、皇王の執務室《しつむしつ》から出ていく。

あまり使っていなかったのか、テーブルの端《はし》には埃が積もっていた。あとで拭《ふ》き掃除をしよう……とジュリエッタは心の隅《すみ》にメモしておく。

「グリッジ将軍、一年前……いえ、軍の動きを五年前から説明してください」

「五年前……ですか？」

「はい。戦争は今始まったわけではありませんから」

オルランドは、持ってきた記録を見ながら皇国の五年間を丁寧に説明してくれた。

ひと通りの説明が終わったあと、ジュリエッタは細かいところを尋ねていく。

どうして皇国軍は海の向こうにあるバレローナ国に負けたのか。どうして皇王たちは判断を間違えたのか。

当事者であるオルランドの話と、それから部外者であるジュリエッタが得ていた情報。それらをゆっくり重ね合わせていく。

「皆がバレローナ国との海戦に絶対勝てると思っていたんですね」

「はい。ですが、我々は勝てませんでした」

イゼルタ皇国の皇王や軍人たちは、イゼルタ皇国の海軍の規模はバレローナ国より大きく、普通に戦えば必ず勝てると思っていた。

しかし、色々な要素が積み重なり、イゼルタ皇国は勝てると思っていたバレローナ国との戦争に勝てなかったのだ。

それでもまだ、最初の敗北の時点だったら、戦況を立て直すことができたはずだろう。

けれどもイゼルタ皇国は、最初の作戦に固執《こしつ》してしまった。目標を変えずにだらだらと軍艦《ぐんかん》を出撃《しゅつげき》させ続けた。そして、国が疲弊《ひへい》し始めてきた頃《ころ》に、メルシュタット帝国に陸から侵攻《しんこう》されたのだ。

この時点でもまだ、イゼルタ皇国にも勝てる未来があっただろう。海軍を撤退《てったい》させ、メルシュタット帝国軍との戦争に集中していたら、今頃は戦勝パレードをしていたかもしれない。

しかし、前皇王はどちらの国にも勝利しようとした。

結果、どちらの戦争にも負けた。

(部外者の私からすると、立ち止まれるところはいくつもあったように思える)

勝てそうだったのに、と思うと引き返せないのかもしれない。

思い切った決断というのは、当事者になれば難しくなるものなのだろう。

(私にできるかしら……)

敗戦処理というのは、犠牲《ぎせい》にするものと残すものを選ぶという作業だ。

方針はルキノに確認するけれど、優先順位を考えた結果、切り捨てなければならないものも出てくるだろう。もしかするとルキノと対立して、ルキノを説得するという場面もあるかもしれない。

「メルシュタット帝国軍はどこまできていますか？」

「斥候《せっこう》によれば、地図の……この辺りにいます。メルシュタット帝国は勝ち続けていたので、要所要所に兵を置きながら、皇国の内部へ深く入りこむ形になりました。メルシュタット帝国軍は、念のために援軍《えんぐん》を待つつもりのようです」

「たしかに、今の状況では各個撃破《げきは》の餌食《えじき》ですね」

しかし、皇国の戦力では、メルシュタット帝国軍の各個撃破もできない。

ジュリエッタはオルランドから、どこにどのぐらいのメルシュタット帝国軍がいるのかを細かく聞いたあと、皇都突入《とつにゅう》の日を予想した。

「早くて十日後……。援軍がくる前に交渉《こうしょう》を始めた方がよさそうですね。こちらに都合のいい条件での停戦合意を現場の判断でしてもらうしかなさそうです。話し合いができるのかどうかは相手次第《しだい》なので、状況に応じて方針を立て直しますね」

現時点では、ジュリエッタはオルランドに「待機していてください」としか言えない。

ジュリエッタは次に、皇国の領土や鉱山、金、穀物といった交渉に使えそうなものを一覧にするという作業を開始した。

その辺りの資料は、エミリオがすぐに持ってきてくれる。ありがたいことに、有能な第二皇子が交渉に使えそうなものをまとめてくれていたらしく、どれを持ち出したのかも書かれていた。

「土地や鉱山の権利は、全て手放していいとルキノは言ってくれた。属国か併合《へいごう》か……。併合にしてみんながメルシュタット帝国民と同じ権利を得る方がいいのか、それともいずれ皇国を取り戻せるように属国になってメルシュタット帝国への反発を持たせておくべきか……」

難しい判断だ、とジュリエッタは思う。

これは皇国民が選び取るべきことだろう。自分だけで決めていいことではない。

「他に交渉の材料になりそうなものはないかしら」

意外にも、皇国には交渉のための魅力的《みりょくてき》なカードがなかった。

五年間の戦争によって、かなり国が疲弊していたようだ。

「あとは魔石とか、聖脈が地上に出ている場所とか……」

フィオレ聖都市は、神聖力が自然と集まってくる場所……聖脈と呼ばれているところの上にある。

神聖力が集まる場所は、神聖力が結晶《けっしょう》になり、魔石と呼ばれるものが生み出されるのだ。魔石があれば、神聖力を持たない者でも小さな炎《ほのお》や風を起こせる。

大抵《たいてい》のランプには、魔石の欠片《かけら》が埋めこまれていた。火種を用意しなくても、すぐに火をつけられるようになっているのだ。

高級な魔石を使ったランプになると、油もいらない。流石にこのクラスの魔石は、家が一軒《けん》買えてしまう値段になる。

いい魔石が採れるようなところがあれば、賠償金《ばいしょうきん》を支払《しはら》うことでこの国を守るという道もあるだろう。

「第二皇子がまとめてくれた資料によると、どこかの山脈で密《ひそ》かに魔石の発掘《はっくつ》作業をしていたということもなさそうだし」

う〜ん、とジュリエッタはうなりながら地図を見る。

この危機を乗り越《のこ》えられそうな前例はないだろうか。

四百年前の大陸戦争では、あっちが勝ってこっちが負け、その次はあっちが負けてこっちが勝って、というようなことが繰り返された。

誰もが敗戦処理で走り回った四百年前と今の皇国の状況と似ている部分を探し……。


「――あ」


ジュリエッタは、とある山に人差し指を置く。

ここは、なにもない山脈だ。だからこそ、埋められたものがある。

四百年前に皇妃となった聖女が持っていた賢者の杖。

その賢者の杖の先端にあるヴァヴェルドラゴンの目。

かつてフィオレ聖都市でヴァヴェルドラゴンを誘《さそ》い出《だ》したハーブと拘束《こうそく》魔法。

それから、神聖力を持つ聖女ジュリエッタ。

参考になる前例がある。必要なものも見事に揃っている。

ジュリエッタの心臓がどくんと激しく鼓動《こどう》し始めた。

神はイゼルタ皇国の民に救いを与《あた》えるため、ルキノを皇王にし、ジュリエッタを皇妃にし、敗戦処理をさせているのだと思っていたけれど……。

「神よ、私のすべきことは本当に敗戦処理なのですか……?」

きっとこれは『四年前にフィオレ聖都市を救った聖女ジュリエッタ』だから気づけた。

ジュリエッタはどきどきしている胸を押さえる。

そして、——……駆け出した。

ルキノは皇城内へ避難してきた人たちに、動けるなら手伝ってほしいと言い、動けないならベッドで休んでねと声をかけていく。

今はまだ足りないものを用意できる状況だ。皆の要望を聞いて、うんうんと頷き、エミリオにああしてあげてこうしてあげてと伝えた。

子どもたちの遊び相手をしたあと、空気がひんやりとしてきたことに気づく。日が落ちてきたので、そろそろ上着が必要だろう。

「さて、皇国はこれからどうなるかなぁ」

ルキノは二階のバルコニーに出て、城下を見下ろす。

風が髪を弄《もてあそ》んでくる。

運命も自分たちを弄んでいる。

「最後にはジュリエッタを逃がさないとね」

金色の髪に、サファイアブルーのきらめく大きな瞳。

ジュリエッタは、大事に育てられた貴族の令嬢《れいじょう》のようにしか見えないのに……。

——……私、本当は聖女になってはいけなかったんです。

小さな身体《からだ》の中に、たくさんの後悔《こうかい》と優《やさ》しさが詰《つ》まっていた。

聖女と呼ばれていても普通の人間だという当たり前のことを教えられた。

(いい子なんだよなぁ……)

ジュリエッタは、真面目に働いて真面目に生きていくという女の子なので、自分のようなゆるい人間は苦手だろう。

下町の青年と少女として出会ったら、どこまで仲よくなれただろうか。

(妹とは仲よくなりそうだから、俺は妹の友人って感じで接しただろうなぁ。これからも妹をよろしくってね)

もしもがあっても、そのぐらいの適度な距離《きょり》を保つ関係になっていたはずなのに……。

——私は相棒を見捨てることはしません。貴方が皇王を辞めたあとに行くところがないのであれば、どこかで一緒に救護院を開きましょう。

出会ったばかりのはずなのに、人生に関する大事なことを任せてもいいと思った。

——頼りにしてください。……だから、諦めては駄目ですよ。

ジュリエッタはこちらの覚悟に気づいている。生きることを諦めないでほしいと言ってくれる。

ありがたいことに、そんなことを思ってくれる人は、妹をのぞけばジュリエッタだけだろう。他の人は、気の毒だけれど犠牲になってくれと思っているだろうから。

(俺はジュリエッタみたいに聖人じゃないからさ)

仕方ないな、と諦めていても、どこかで貧乏《びんぼう》くじを引いたと嘆《なげ》いている。

だから、ジュリエッタの『貴方も救いたい』という気持ちが、自分の救いになっていた。

あの子がそう思ってくれるのなら、頑張ってよかったと最後に言えるだろう。

(ジュリエッタの傍《そば》は居心地《いごこち》がいいなぁ。……あの子は正しい道を当たり前のように選べるし、『駄目ですよ』と叱ることもできる。あの子の傍にいたら、俺も駄目なことがわかる気がするよ)

自分はどこかがおかしい。そのことに気づいたのは、いつだっただろうか。

両親を早々に亡《な》くし、自分だけで妹を守らなければならなくなってからなのか。それとも、元からこうだったのか。

――もういい！　ルキノ！　やめろって！　そいつ、死んじまう！

小さい頃、妹を泣かせた奴《やつ》に石で殴《なぐ》りかかったとき、こんな奴は死んで当然だと思った。だから友達に止められたとき、驚いてしまった。

――死んでもいいだろ。

口からそんな言葉が出そうになったけれど、なんとか我慢《がまん》した。

人を殺してはいけない。そんなことは自分でもわかっている。でも、妹のためならその壁《かべ》をあっさり越えられることに気づいてしまった。

(俺はどこかがおかしい。……そうだよ、どこかがおかしくないと、こんなときに皇王になろうとしないって)

妹を守るためなら、最後の皇王になって首を斬《き》られてもいい。

そんな決断をした自分に、馬鹿なことはよせと友人たちは言ってきた。その感覚が普通で正しいのだ。

(妹のために死ぬことも、妹のために誰かを殺すのも、同じ感覚なんだよな……。でも、それが駄目ってこともわかっている)

「妹さんがそれだけ大事なのね」という理解がほしいわけではない。

「そんな貴方も好きよ」と受け入れてほしいわけではない。

自分はただ、道を踏《ふ》み外《はず》したくないのだ。

——駄目ですよ。

ジュリエッタのあの柔《やわ》らかい声で叱ってもらえたら、踏みとどまれる気がする。

「ルキノ！」

ぼんやりしていたら、ジュリエッタが興奮した声を上げながらバルコニーにやってきた。

ルキノはゆっくり振り返る。きっと大事な話があるのだろう。

「聞いてください！　私、見つけてしまいました！　見つけちゃったんです！」

ジュリエッタの金色の髪が乱れていた。頬《ほお》をほんのり染めながらこちらを見ている。

彼女はいつだってとても可愛《かわい》い。城下町で見かけたら、花を贈《おく》っただろう。喜んでもらえたら、「素敵《すてき》なお嬢《じょう》さん。これからお茶でもいかが？」と声をかけたはずだ。

「うんうん。はい、深呼吸～ってね。これでもどうぞ」

ルキノは城下町で買ってきた花をするりと袖《そで》の中から取り出した。上手《うま》く隠《かく》しておいたので、突然花が出てきたように見えただろう。

「……え？　え⁉」

ジュリエッタが驚き、目を円《まる》くしている。

ルキノはそれに満足そうに笑いながら、ジュリエッタの手に花を握らせた。

「ジュリエッタには花が似合うから、俺からプレゼント」

「私に、ですか……⁉」

「本当は皇城にきてくれてありがとうって花束を渡したかったんだけれど、花屋も店じまい寸前で、仕入れをしていなかったからさ」

ジュリエッタは手の中にある一輪の花をじっと見つめている。サファイアブルーの瞳に花を映し……そして、ふわりと微笑《ほほえ》んだ。

「お花をもらったのは初めてです。……ありがとうございます、本当に嬉しいです」

ジュリエッタの心からの笑顔《えがお》を見て、ルキノは後悔してしまった。

初めてなら、もっと大きな花束をプレゼントしてやればよかった。

大きくて綺麗で凄《すご》い！　ともっとはしゃがせてあげたかった。

記憶《きおく》に残るような思い出にしてやりたかった。

(大事にすると言ったのに、まだなにもできていない)

胸が熱くて痛い。どうしてだろうか。

ルキノはいつも、妹以外のことは「まぁいいか」ですませてきたけれど、なぜか今はその言葉で終わらせることができなかった。

「……ジュリエッタ。見つけたものってなに？」

ルキノが自分の中にあるもやもやした気持ちを誤魔化《ごまか》すために話を促《うなが》すと、ジュリエッタは目を見開く。

「ええっと、深呼吸でしたね！」

ジュリエッタは花と賢者の杖を握りしめながら、ルキノの言葉通りに目を閉じ、深呼吸をする。そのあと、ぱちりとまぶたを開いた。サファイアブルーの瞳が、今度はルキノを映し出す。

「――まだ勝てますよ、この戦争！」

ジュリエッタは、ふわりと花開くような微笑みを浮《う》かべながら、とんでもないことを口にした。

ルキノは一瞬《いっしゅん》、息が止まってしまう。

「……勝てる？　今から？」

「はい！　絶対にとは言えませんが、可能性はあります！　似たようなことが過去にもあったんです！」

ジュリエッタは可愛いだけの女の子ではない。

知識と神聖力と慈愛《じあい》の心を持つ、勇ましくて格好いい〝知識の聖女〟なのだ。

(嘘《うそ》だろ……!?　ここから戦況をひっくり返せる!?　まさかそんなこと……！)

ルキノはあり得ないと心の中で言いながらも、期待してしまった。

彼女は十二歳のときに、一度フィオレ聖都市を救っているのだ。二度目があってもおかしくない。

「……本当に？」

ルキノが思わず確認の言葉を口にしたら、ジュリエッタは片手を胸に当てる。

「〝相棒《わたし》〟の言うことを信じてください」

ジュリエッタの勇ましくも美しい聖女の微笑みに、ルキノは圧倒された。これ以上の疑いの言葉は、喉の奥に引っ込んでしまう。

――ジュリエッタは、趣味の悪い冗談を言う子じゃない。

そう、ジュリエッタが「この戦争にまだ勝てる」と言ったのなら、それはもう神託《しんたく》なのだ。希望の光に縋《すが》りついても許されるのだ。

（……神さま、か）

ルキノはフィオレ教の教会に通っていたけれど、本当にフィオレ神がいるかという話になると「どうだろうねぇ」としか言えなかった。

しかし、たった今、神に祈りたくなる。

（心を入れ替えようかな。……だって、フィオレ神も聖女もいるみたいだから）

ジュリエッタは間違いなく聖女だ。

イゼルタ皇国の民と未来を救うという奇跡《きせき》を起こそうとしているのだから。

「あの、どうしますか⁉」

この国の行き先を決めるのは皇王の役目だ。

ルキノは、民が苦しまなくていい道を選ぶつもりだったのだけれど、ここにきて新しい道が一つ増える。

「そうだなぁ……」

ひんやりとした風が興奮した頬を撫《な》でてくれ、心地《ここち》よい。

きっとジュリエッタも同じことを思っているだろう。

「文句を言う人もいないし、俺たちだけで勝っちゃおうか」

ルキノは国の存亡に関わる決断を、ポケットに手を入れたまま、夕飯の献立《こんだて》の話をするような気軽さでする。

見る人が見れば、怒《おこ》るだろう。

けれども、ジュリエッタは違う。絶対嬉しそうに笑ってくれる。

(……うん、ほら、やっぱり笑ってくれた)

自分とは生き方が違うとても真面目な女の子なのに、不思議と気が合う。

ルキノは色々な女の子と出会ってきたけれど、どの子も可愛かったけれど、ジュリエッタの目の輝きは他のどの子とも違った。

（俺はジュリエッタみたいないい子が好きだなぁ）

女の子はみんな可愛い。だから、誰と付き合ってもいい。

そんなことを考えていたけれど、ただ知らなかっただけなのかもしれない。

どうやら自分にも〝特別な女の子〟というものができたようだ。

「文句を言う人はいないと、私もついさっき思いました。……勝ちましょう！」

ジュリエッタはきらきら輝く笑顔を見せてくれる。

ルキノは、出会ったばかりでも本当に相棒なんだよなぁ、とつられて笑った。

「ジュリエッタ。俺は男だから、こういうときにしたいことがあるんだけれど」

「したいこと……どういうものですか？」

ルキノは、女の子にさせることではないとわかっていても、拳を作って、こう、と突《つ》き出す。

「拳を突き合わせるんだ。やってやるぞ〜って、相棒と一緒に気合を入れるときにする」

「こう、ですか？」

ジュリエッタと気が合うなと思えるのは、こういうときに「なんでそんなことをしないといけないの？」と冷たく言ってこないからだ。

ジュリエッタは、拳を作り、ルキノにぐっと突き出した。

ルキノは力を加減しながら拳を合わせる。

「……で、成功して、やった～！　って気持ちになったら、こう」

ルキノは拳を解いて片手を上げる。

ジュリエッタがそれを真似《まね》して片手を上げたので、その手のひらにぱんと軽く手のひらをぶつけた。

「どっちも上品な仕草じゃないから、こっそりね」

「わかりました」

ジュリエッタは真面目に頷き、合わせた手のひらを嬉しそうに見ていた。

ルキノは、これまでのジュリエッタの話や雰囲気から、ジュリエッタを可愛がってくれたり、一緒に喜んでくれたりする人がいなかったことは、なんとなくわかっている。

（ジュリエッタにはここで友達に囲まれてほしいなぁ。いい子だから、みんなすぐ好きになるよ）

とりあえず、国が落ち着いたら妹を呼ぼう。あのしっかり者の妹は、ジュリエッタのことを好きになるはずだ。

「ルキノ？　どうかしましたか？」

ジュリエッタが首を傾げながら見上げてきた。

ルキノはそんなジュリエッタの肩《かた》に腕を乗せる。

「いやぁ、俺って単純だなと思って。……もうさ、この戦争に勝ったあとのことを考えているわけ」

「……！　それはとてもいいことだと思います！」

ジュリエッタは、気を引きしめろとか、まだ早いとか言わない。うんと笑ってくれる。

「戦争が終わったら、俺の妹に会ってくれる？」

「はい！」

妹と友達になれそうだから紹介したい、とルキノは思っただけだった。けれども口にしてから、これは別の意味にもなりそうだと気づく。

（いや……、ま、どっちでもいっか）

誓約した以上、ルキノはジュリエッタと結婚する必要がある。

家族に相棒を紹介するのも、結婚相手を紹介するのも、妹へ友達になれそうな子を紹介するのも、まとめてできていいんじゃない？　というゆるい結論を出した。

第三章

ジュリエッタは、今のイゼルタ皇国《こうこく》を実際に動かしている者たち——……皇王《こうおう》のルキノと、書記官のエミリオ、将軍のオルランドに、これからすべきことを説明した。

「長距離《ちょうきょり》の移動になります。皆《みな》に神聖魔法《まほう》をかけておきますが……どうでしょうか？」

ジュリエッタは地図の上に指を滑《すべ》らせていく。

結局のところ、ジュリエッタは机上《きじょう》の空論を語ることしかできない。

オルランドが「無理だ」と言えば、その時点で話は終わる。

しかし、そのオルランドは大きく頷《うなず》いてくれた。

「なんとかしてみせましょう。幸いにも、軍に残っているのは、逃《に》げなかった軍人ばかりです。士気は高いはずです」

「本当ですか!?」

ジュリエッタは、第一関門を突破《とっぱ》したことにほっとする。

「無理なときは無理だと言ってくださいね。とても危険な作戦なので……」

「わかりました。たしかにこの作戦は、無理だと判断したら直《ただ》ちに中止しないと、民《たみ》に甚《じん》大《だい》な被害《ひがい》が及《およ》びます」

皇国軍はできるという判断をした。次はそれを支援《しえん》する者たちの意見を聞かなくてはならない。

「エミリオ、派兵に必要な物資は残っていますか？」

第二皇子《おうじ》ラファエルによって色々なものが国外へ持ち出されている。

ジュリエッタはそのことを心配していたのだけれど、エミリオは目を輝《かがや》かせながら頷いてくれた。

「大丈夫《だいじょうぶ》です！　皇城内の物資がすっからかんになりますが、失敗したら白旗を揚《あ》げるしかないですから！」

最後の一撃《いちげき》のための力はある。そして、最後の一撃しか許されていない。

ジュリエッタは、最終判断をルキノに問う。

「ルキノ、どうしますか？」

「うん、やろっか」

普通《ふつう》なら、少し待ってくれと言いたくなる場面だ。けれどもルキノは、あっさりと大事な決断をしてくれた。

「では、時間がないので、将軍が行軍計画を立てたらすぐに出発しましょう」

「わかりました」

「はい！」

「よろしく～」

オルランドがジュリエッタの計画書を恭《うやうや》しく手に取る。そのあと、彼はルキノとジュリエッタの顔を交互《こうご》に見た。

「皇王陛下《こうおうへいか》と聖女さまの警護についてですが……」

普通は、皇王にも皇妃《こうひ》にも護衛騎士《きし》がつく。

ルキノがフィオレ聖《せい》都市にやってきたときについてきた護衛騎士は、護衛騎士の制服を着ていても、実は軍人だったという話は教えてもらっていた。護衛騎士は全員、皇族についていったのでここにはいないらしい。

「あ～、俺とジュリエッタにまとめて二人つけるぐらいでいいんじゃない？　フィオレ聖都市から帰ってくるときは、それで問題なかったし」

「ですが、皇王陛下と聖女さまになにかありましたら……！」

もっとしっかり警護をつけるべきだというオルランドの気持ちもわかる。

しかし今は、思い切った決断も必要だろう。

「ご安心ください。私は守ることならできます。ただ、自分とルキノを守ることで手一杯《ていっぱい》になると思いますが……」

ジュリエッタの言葉に、オルランドは迷いを見せつつも、最後は頷いてくれた。

「承知致《いた》しました。護衛の兵士を二名つけます。前回と同じ者でよろしいですね？」

「はい。よろしくお願いします」

ジュリエッタは、戦争に行った経験がない。今からどきどきしてしまった。

「……ジュリエッタ、内緒《ないしょ》の話だけれど」

ルキノがジュリエッタの肩《かた》に腕《うで》を置き、耳元に口を近づけてくる。

ジュリエッタはルキノの真面目な声色《こわいろ》にはっとした。

「実は俺、戦争に行くのが初めてなんだよね。どきどきする」

ルキノの表情は、いつものようにゆるい。

ジュリエッタは、ルキノの声と表情の違《ちが》いに笑いそうになってしまう。

「実は私もなんですよ」

緊張《きんちょう》をほぐそうとしてくれるルキノの気持ちが伝わってくる。

ルキノと一緒《いっしょ》なら、初めての戦場でもどうにかなりそうな気がしてきた。


オルランドが軍の準備を進めている間に、ジュリエッタはエミリオと共にルキノの戴冠《たいかん》式《しき》を済ませた。

戴冠式といっても、大聖堂に行って、誓《ちか》いの言葉を述べ、誓約書《せいやくしょ》にサインをし、大司祭から王笏《おうしゃく》と御璽《ぎょじ》を授《さず》けられたあと、頭に王冠《おうかん》を載《の》せてもらうというだけのものである。

エミリオは、侍従《じじゅう》の代わりにマントを持ったりペンを渡《わた》したりしていたので、戴冠式の立会人は聖女ジュリエッタだけだ。あまりにも質素な戴冠式だったけれど、戴冠式を行ったという事実が必要なのである。

戴冠式を済ませたらすぐに皇城へ戻《もど》り、ジュリエッタは魔導師《まどうし》との打ち合わせを始めた。

しかし、ここで問題が発生する。残っている魔導師は、打ち合わせにきてくれた魔導師だけだったのだ。

「本当に一人だけしかいないんですか⁉」

魔法を使える者は少ない。どこの国もどこの教会も、魔力《まりょく》を持つ者の確保に励《はげ》んでいる。

魔力を持つ者は、ジュリエッタのように神に身を捧《ささ》げる者になるか、それとも国に仕える宮廷《きゅうてい》魔導師になるか、どちらかを選ぶことが多い。

もちろん、戦争には多くの魔導師を連れていっている。彼らには攻撃《こうげき》魔法から兵士たちを守ってもらったり、怪我《けが》をした兵士の治癒《ちゆ》をしてもらったりするのだけれど、その魔導師がたった一人しかいないのは大問題だ。これでは敵軍に多くの魔導師がいた場合、大規模魔法を一度発動されるだけで全てが終わってしまう。

「申し訳ございません。魔導師たちは皇族の方々についていきまして……！」

「すみません……！」

オルランドもエミリオも、ジュリエッタに頭を下げてくる。

ジュリエッタは慌《あわ》てて手を振《ふ》った。

「大丈夫です！　今回は特殊《とくしゅ》な作戦ですから！」

そう、今回は問題ない。しかし、この戦いが終わったあとに魔導師が戻ってこなかったら、大変なことになる。

（でもとりあえず、目の前のことから……！）

オルランドとエミリオは、ジュリエッタの頼みを『速さ優先』ですべきなのか、それとも『正確さ優先』ですべきなのか、言われなくてもわかってくれた。今は二人とも速さ優先で進めてくれている。

「聖女さま、必要な物資が揃《そろ》いました。今かき集めているものは後ほど送ります」

「ありがとうございます。留守はエミリオに任せますね」

年若い書記官に皇城の留守を任せるなんてこと、天地がひっくり返ってもあり得ない。

しかし今は、そのあり得ないが現実になるほどの危機的状況《じょうきょう》だ。

「聖女さま、先鋒隊《せんぽうたい》を出発させます」

オルランドの言葉に、ジュリエッタは頷いた。

「はい。唯一の魔導師は先鋒隊と行動させてください」

今回は、先鋒隊、本隊、別働隊の三部隊に分ける。先鋒隊と別働隊は、実のところ部隊とも呼べない人数だ。

どこかの部隊が失敗したら、その時点でこの作戦は失敗する。失敗は許されないという重圧はあるけれど、それぞれの役割はとても単純だ。だからきっと、皆はやるべきことに集中できるだろう。

「それでは、私たちも移動を開始します。——出発！」

本隊の総司令官は将軍オルランド・グリッジ。

まさに全軍投入という大規模な本隊を見れば、これが最後の戦いになると誰《だれ》もがわかるだろう。

皇城に避難《ひなん》した人たちは、出発する兵士たちを見送りにきてくれた。みんな不安そうな顔をしている。

ルキノはというと、ゆるく笑いながら「お土産《みやげ》を買ってくるね〜」と皆に言っていた。

ジュリエッタも子どもたちに「いい子で待っていてくださいね」と言って頭を撫《な》で、笑いかける。

「では、私たちも出発しましょう」

別働隊は、皇王ルキノとジュリエッタと二人の護衛の兵士だ。

このちっぽけな別働隊は、馬車一台と馬一頭で移動することになる。

ジュリエッタは馬に神聖魔法をかけた。これで移動速度がぐっと上がる。

別働隊の行き先は――……『カレルノ山脈』。

そこに敵軍はいない。そして、挟撃《きょうげき》のための遠回りをするわけでもない。

カレルノ山脈には、勝つために必要なものが眠《ねむ》っているのだ。

「聖女さま、どうかご無事で……！」

「大丈夫ですよ。いってきますね」

カーラに声をかけられたジュリエッタは、ルキノから目を離《はな》す。

その隙《すき》に、ルキノは護衛の兵士に話しかけていた。

「……なぁ、頼《たの》みがあるんだけれど」

ルキノが護衛の兵士の肩を抱《だ》き、人懐《ひとなつ》っこい笑《え》みを浮《う》かべれば、兵士の警戒《けいかい》はすぐに解ける。

「なにかあったら、真っ先にジュリエッタを守ってくれよな」

皇王の命令には絶対に従わなければならない。

護衛の兵士たちは、力強い返事をしてくれた。

「了解《りょうかい》致しました！　必ず皇王陛下と聖女さまをお守りします！」

しかしその決意は、ルキノの求めているものではない。

「違う、違う。俺よりジュリエッタを優先しろってこと」

「それは……」

皇国の兵士である以上、最優先しなければならない相手は皇王だ。

しかし、フィオレ聖都市からやってきた聖女は、国賓《こくひん》のか弱き女性である。守る順位をつけるのはとても難しい。

「俺はさ、大事な人を大事にできないのが一番嫌《いや》なんだ。……頼むよ。本当に」

ルキノの頼みに、護衛の兵士は思わず頷いてしまう。ルキノの言葉と表情には、それだけの迫力《はくりょく》があった。


カレルノ山脈には、鉱物資源があるわけではなく、魔石《ませき》が採れるような聖脈があるわけでもない。

けれども、ただの山でしかないからこそ、大きなものが眠っていた。

「……ヴァヴェルドラゴン」

ルキノは、水晶《すいしょう》の中に閉じ込められた伝説のドラゴンを見て、ヒュウと口笛を吹《ふ》く。

ドラゴンはかなりの長命種だ。おまけに、刃物《はもの》が先に駄目《だめ》になるほどの分厚い皮を持ち、その皮には耐魔力《たいまりょく》も備わっている。

それ故《ゆえ》に、止《とど》めを刺《さ》すことが難しいので、暴れるドラゴンには拘束《こうそく》魔法をかけて水晶の中に封じ込め、寿命《じゅみょう》が尽《つ》きるのを待つという処置をすることが多かった。

四百年前の皇王と聖女は、皇国に迷い込んできた二頭のヴァヴェルドラゴンと戦った。一頭は討《う》ち取《と》れたが、一頭は聖女によって拘束魔法をかけるしかなかった。

拘束魔法をかけられた方のヴァヴェルドラゴンは、カレルノ山脈の中で、長い年月をかけて寿命が尽きるのを待っている最中だったのだ。

「今からヴァヴェルドラゴンの拘束魔法を解きます」

拘束魔法というのは、かけた人にしか解けない。

しかし、例外はあって、大きな魔力がある者は魔法でできた錠前《じょうまえ》を破壊《はかい》できるし、器用で根気がある者なら他人が作った錠前に合う魔法の鍵《かぎ》を生み出すこともできるだろう。

ジュリエッタには、そこまでの力も器用さもない。しかし……。

(私には、四百年前の聖女の手にあった賢者《けんじゃ》の杖《つえ》がある。皇王ルキノもいる)

聖女のジュリエッタがこの賢者の杖を使えば、拘束魔法が解けるかもしれない。

鍵を複雑化するために、皇王も聖女に力を貸していた可能性があるので、ルキノにも念のためにきてもらった。

これで解けなければ仕方ない。早馬を飛ばして作戦中止を伝えるだけだ。

「緑なす大地と蒼《あお》き風の祈《いの》り——……」

ジュリエッタは、賢者の杖を握《にぎ》る手に力をこめる。

「大地の紡《つむ》ぎ糸、大気の紡ぎ糸。

固く結ばれし糸よ、あるべき姿に戻れ。

偉大《いだい》なる神よ、我らに祝福を！」

手に意識を集中させ、神聖力を集めていく。

光の粒《つぶ》があちこちから出てきて、ジュリエッタの周りを漂《ただよ》った。

（すごい……！　いつもと手応えが違う……！）

杖の先にあるヴァヴェルドラゴンの目が、ジュリエッタを助けてくれる。これなら力ずくで拘束魔法を解除できるかもしれない。

ジュリエッタの金色の髪《かみ》が輝き、スカートがふわりと浮き、サファイアブルーの瞳《ひとみ》がきらめいた。

ルキノは、ジュリエッタに皇王の力を貸してほしいと言われたらすぐ動けるように、力を集めているジュリエッタを傍で見守る。

（……あれ？　ジュリエッタの瞳の色が赤く……なった？）

ドラゴンの目は魔石となる。その力を借りているジュリエッタの瞳が、ルビーのようなきらめきを放っていた。

「解除の奇跡《ファニット・ルル・リーリエラ》！」

ジュリエッタは賢者の杖の先で、大地をトンと突《つ》いた。

聖女の神聖力が鍵となり、ヴァヴェルドラゴンの拘束魔法を解いていく。

大地を震《ふる》わす不気味な音が、腹まで響《ひび》いてきた。ジュリエッタ以外の三人は、きょろきょろしてしまう。

「伏《ふ》せてください！」

そのとき、兵士二人がそれぞれジュリエッタとルキノを庇《かば》うようにして覆《おお》いかぶさってきた。

ジュリエッタはいきなり強烈《きょうれつ》な衝撃《しょうげき》に襲《おそ》われ、息が一瞬《いっしゅん》止まる。なにが起こったのかわからないままじっとしていると、次は強い風が横から襲いかかってきた。

「きゃああ！」

安定した岩場にいたけれど、風に煽《あお》られて転がっていきそうになる。

すると、誰かがジュリエッタの腕を掴《つか》んでくれた。

「ジュリエッタ！　摑《つか》まれ！」

ルキノの声だ。ジュリエッタはとっさにルキノの腕にしがみつく。

「皇王陛下！　聖女さま！　お怪我は!?」

しばらくすると、大地の揺《ゆ》れも強風もなくなり、ようやく起き上がれるようになった。

ジュリエッタは急いで周囲を確認《かくにん》する。

「あ……！」

羽ばたくヴァヴェルドラゴンが遠くに見えた。

とりあえず、別働隊の役目は無事に果たせたようだ。

（目覚めたヴァヴェルドラゴンに襲われなくてよかった……！）

そうならないように、ヴァヴェルドラゴンが嫌《きら》う臭《にお》い……ワインビネガーを染《し》みこませた布を持っておいた。どうやらきちんと効果があったらしい。

「追いかけましょう。疾風の祝福《アネモイ・ララ・リーリエラ》！」

ジュリエッタは賢者の杖で大地を突き、ここにいる四人の足に神聖魔法をかけた。


イゼルタ皇国軍の先鋒隊は、かき集めたワインビネガーとハーブを使い、ヴァヴェルドラゴンを誘導《ゆうどう》しようとしていた。

ワインビネガーは、もちろんドラゴン除《よ》けとして使う。

ハーブはというと、ポラムの実とよく似た匂《にお》いを放つサンニーノ草だ。これでヴァヴェルドラゴンを引き寄せるつもりである。

（皇国内にいるメルシュタット帝国軍《ていこくぐん》は、食糧《しょくりょう》や燃料の現地調達もしている。サンニー

ノ草をメルシュタット帝国軍の薪《まき》や食材に紛れこませることもできるはず）

先鋒隊は、商人のふりをして密《ひそ》かに仕込みを続けている。

四百年の眠りから目を覚ましたヴァヴェルドラゴンは、腹を空《す》かしているはずだ。そんなときに好物の匂いがしたら、引き寄せられてしまうだろう。

――私たちは戦わなくていい。ヴァヴェルドラゴンがメルシュタット帝国軍を襲ってくれるから……！

メルシュタット帝国軍の中には魔導師もいるだろうけれど、ヴァヴェルドラゴンに拘束魔法をかけるのは、簡単にできることではない。

戦争をするための準備と、ヴァヴェルドラゴンを拘束するための準備はまったく違う。

「あっ、煙《けむり》だ」

ルキノは目がいいのだろう。

山から下りて街道《かいどう》に出て、魔法をかけた馬車を走らせていたら、誰よりも先にそんなことを言い出した。

そろそろ皇都近くで待機しているメルシュタット帝国軍の野営地である。

作戦が上手《うま》くいっていたら、彼らはヴァヴェルドラゴンに襲われたあとのはずだ。

「……うわぁ、これはまたすごいことに」

ルキノが目をこらしながら、気の毒そうに呟《つぶや》く。

ジュリエッタにも、段々と野営地の様子が見えてきた。

ルキノの言葉通り、メルシュタット帝国軍は壊滅《かいめつ》している。怪我人《けがにん》をどうにか集めて布の上に寝《ね》かせたという状態になっていた。

そして、オルランドたちもきている。既《すで》にメルシュタット帝国軍の指揮官は敗北を認めたあとのようで、縄で縛《しば》られていた。

「皇王陛下、聖女さま、ご無事でなによりです」

こちらに気づいたオルランドがうやうやしく頭を下げる。

ルキノはそれに対し、軽く手を上げてゆるい返事をした。

「お疲《つか》れさん。みんな大丈夫そう？」

「はい。こちらに損害はありません」

「なら重傷者の手当てをしようか。ジュリエッタ、頼むね」

「お任せください」

ジュリエッタは集められた怪我人の様子を見て、大きな怪我をしている人から順番に癒《い》やしの神聖魔法をかけていく。しかし、ジュリエッタの力では、命に別状はないというところへ持っていくのが精一杯《せいいっぱい》だ。

（情けないけれど、今はこれでいい……！）

軍はよほどのことがない限り、怪我人を切り捨てはしない。

つまり、軍隊の動きを鈍《にぶ》らせたいなら、兵士の三割程度に怪我をさせればいいのだ。

——そう、たったの三割である。

人間と戦争をするための軍にヴァヴェルドラゴンをぶつければ、三割に怪我をさせることができるのでは……とジュリエッタは予想していたのだけれど、ヴァヴェルドラゴンは思っていた以上に暴れていたようだ。

「我々も今日はここで野営をしましょう。まだまだ先は長いです。皇都の当面の危機を回《かい》避《ひ》できた今は、夜を徹《てつ》しての行軍をしなければならない段階ではありません」

オルランドの声が明るくなっていた。

まさかこんなにもあっさり形勢を逆転できるなんて思ってもいなかったのだろう。

ジュリエッタも、ここまで上手くいくなんて……と驚《おどろ》いている。

（でも……、それはつまり……）

ヴァヴェルドラゴンは先鋒隊によって誘導され、北東の方に向かっているはずだ。

ジュリエッタは紺色《こんいろ》と橙色《だいだいいろ》が混ざり合う空を見ながら、ぎゅっと賢者の杖を握りしめた。

（ヴァヴェルドラゴンは弱っていない）

この作戦の最後には、もう一度ヴァヴェルドラゴンに拘束魔法をかけるという大きな問題が待ち構えている。その作業は、思っていた以上に大変なものになるかもしれない。

皇都突入《とつにゅう》のために皇都近くで待機していたメルシュタット帝国軍は、皇国内にいるメルシュタット帝国軍のおよそ半数である。

オルランドは、メルシュタット帝国軍の兵士たちを捕虜《ほりょ》にする手続きを急いですませた。

そして、朝早くから本隊を行軍させる。

——ぎりぎりでの大勝利によって、最前線が下がった。

しかし、メルシュタット帝国は増援《ぞうえん》部隊を皇都に向かわせている。まだ安心はできない。

「……！　煙だ！」

昼すぎ、ジュリエッタたちは驚くことになった。

メルシュタット帝国軍によって占領《せんりょう》されていたはずの要塞《ようさい》の一部が破壊されていたのだ。そして、メルシュタット帝国軍の兵士のほとんどが怪我をしている。

「死んだ人もいるんじゃないかな……」

ルキノがうわぁと言いながら馬車を降りようとした。

オルランドは周囲を見ながら、もう少しお待ちくださいとルキノを制する。

皇国軍は急いで帝国兵を救出し、一カ所に集めていった。

　オルランドが動けなくなっていた帝国軍の指揮官に捕虜としての待遇《たいぐう》を約束したあと、ようやくルキノとジュリエッタも馬車を降りることができた。

　ジュリエッタは、大怪我をした者から癒やしの魔法をかけていく。

「……なんかさ、ドラゴンによる被害が予想よりも大きくない？」

　ルキノは、ジュリエッタと同じことを思っていた。

　ジュリエッタたちは、メルシュタット帝国軍の魔導師ならヴァヴェルドラゴンをある程度まで弱らせてくれるだろうという予想をしていたけれど、突然《とつぜん》のことで難しかったのかもしれない。

「好物の匂いがするのに、好物がどこにもない。……ヴァヴェルドラゴンの怒《いか》りは増しているはずです。……ええっと、がんばりま……しょう……！」

　ジュリエッタは、賢者の杖をぎゅっと握りしめた。

（最悪は私たちだけで拘束魔法を……。うん！　絶対にやらないと！）

　ジュリエッタたちは進軍を続ける。そして、ヴァヴェルドラゴンの被害に遭《あ》ったメルシュタット帝国の兵士を見かける度《たび》に救助し、怪我の治療《ちりょう》を行った。

（ボルーニ砦《とりで》、奪還《だっかん》。チェレッツォ要塞、奪還。サン・ブリンザーロ城、奪還。ピレヴィーゾ城、奪還。どれもこんなにあっさり取り戻せるなんて……！）

　ヴァヴェルドラゴンのおかげで、たった五日間で目覚ましい戦果を上げることになった。

そして、捕虜の数は一気に膨《ふく》れ上《あ》がる。

「これって大丈夫？　元気な兵士が一斉《いっせい》に動きだしたら大変じゃない？」

ルキノが捕虜の様子を見ながら、こそこそとジュリエッタに話しかけてきた。

その心配はたしかにあるのだけれど、今は安全策を選ぶ余裕《よゆう》がない。

「そうならないように祈るしかないです……！」

普通なら軍人が捕虜を管理するのだけれど、今はその軍人の数が足りていなかった。

仕方なく、街の人たちに捕虜の面倒《めんどう》を見てほしいと頼む。人数が多くならないように分けておいたので、なんとかなっていると信じたい。

「ま、そのときはそのときか。もう国境にいるメルシュタット帝国軍の増援部隊の近くまできているんだっけ？」

「はい。いよいよ停戦交渉《こうしょう》ですね」

皇国軍はついに国土のほとんどを取り戻した。

ここからのジュリエッタたちの作戦は、とても単純だ。

ヴァヴェルドラゴンを誘導し、国境近くにいる増援部隊まで連れていき、メルシュタット帝国軍に共同で討伐《とうばつ》しようと持ちかけるのだ。

「上手くいくといいねぇ」

ルキノの言葉に、ジュリエッタは頷く。

ヴァヴェルドラゴンによってメルシュタット帝国軍の本隊が壊滅状態になったことは、メルシュタット帝国軍の増援部隊にも届いているはずだ。

――メルシュタット帝国軍は、ヴァヴェルドラゴンを理由にして一時撤退《てったい》するか。それとも予定通りに行軍するか。

彼らはまだ、ヴァヴェルドラゴンに連続で襲われたことをただの不幸だと思っているだろう。

「聖女さま、羊の用意ができました。今から停戦交渉の使者を送ってみます」

オルランドが、最後の準備が完了《かんりょう》したという報告をしてくれた。

ジュリエッタはどきどきしてくる。

今から、メルシュタット帝国軍を上手く騙《だま》さないといけない。

〝知識の聖女ジュリエッタ〟の名を、最後の最後でしっかり利用するつもりだ。

――ヴァヴェルドラゴンについて話し合いたい。

メルシュタット帝国軍の総司令官であるディートリヒ・ハーゼン皇太子《こうたいし》は、赤髪に緑色の瞳を持つ青年だ。

彼はイゼルタ皇国と聖女の連名の手紙を読み、どうするのかを迷っていた。

メルシュタット帝国の完全勝利は間近だった。イゼルタ皇国の皇都への突入は、皇太子が率いる増援部隊の合流を待って行われる予定だった。

しかし、突然現れたヴァヴェルドラゴンによって、皇都近くで待機していた前線部隊が壊滅してしまったのだ。占領済みの要塞や砦、街もドラゴンの襲撃《しゅうげき》に遭ったあとに皇国軍によって奪還されてしまい、ついにはこの近くまで皇国軍やドラゴンが迫《せま》ってきている。

正直なところ、今は戦争どころではない。ヴァヴェルドラゴンが国境を越《こ》えてメルシュタット帝国で暴れるようなことは、絶対にあってはならないのだ。

そんなディートリヒの考えを後押《あとお》しするかのように、イゼルタ皇国から『停戦についての話し合い』を求める使者がやってきた。

「……まあ、向こうも同じことを思っているだろうからな」

ヴァヴェルドラゴンが皇国内で暴れ回っている。皇国は戦争どころではない。

向こうも必死だ。ヴァヴェルドラゴン討伐を共にしてもらいたくて、停戦を求めているのだろう。

知識の聖女ジュリエッタは、皇王ルキノと結婚《けっこん》するという約束をしている。

しかし、結婚するまでは聖女だ。

ジュリエッタはそのことを利用し、自分が中立の立場であるように見せかけることにした。

（フィオレ聖都市は中立国家と言いながらも、イゼルタ皇国の古き時代からの盟友で、なにかあったら助け合っていることは周知の事実だし……）

このあと、フィオレ聖都市は周辺国から色々言われるだろうけれど、きっとのらりくらりとかわす。いつものことだ。

「聖女さま、ディートリヒ皇太子殿下《でんか》からの返事が届きました。停戦についての話し合いに応じるとのことです。会談場所と時間は、明朝この先の山小屋にて、連れてくるのは十人までという条件がありました」

オルランドがどうしますかとジュリエッタに尋《たず》ねてきた。

この先にある山小屋は、メルシュタット帝国軍が占領した砦の近くにある。向こうからは山小屋の様子が目視できるし、なにかあったらすぐに駆《か》けつけられるところだ。

皇国軍にとっては、とても危険な場所ではあるけれど……。

「行きましょう。皇国軍は砦からの攻撃を受けないぎりぎりのところで待機していてください」

メルシュタット帝国の国教はフィオレ教だ。そのこともあって、ジュリエッタはディートリヒと顔見知りである。彼となら話し合いもできるだろう。

そして――……翌朝。

ヴァヴェルドラゴンを拘束するための準備が終わったことを確認したあと、ジュリエッタたちは山小屋に向かう。

「聖女ジュリエッタです」

ジュリエッタが山小屋の前で立ち止まれば、ディートリヒはジュリエッタの前に出てきてうやうやしく頭を下げた。

「お久しぶりでございます、聖女さま」

「はい。お元気そうでなによりです、ディートリヒ皇太子」

ジュリエッタは緊張を顔へ出さないように気をつけつつ、ディートリヒに挨拶《あいさつ》をする。

それから、ゆっくりと振り返った。

「あちらは、新たなイゼルタ皇王です」

ルキノはジュリエッタが教えた通りに傍まできて、ディートリヒに挨拶をする。

「初めまして」

ルキノはそれだけ言って、口を閉じた。

すぐにオルランドが前に出て、ルキノではなく自分が話すという意思表示をする。

「将軍のオルランド・グリッジです」

「グリッジ将軍のことは知っている。勇猛果敢《ゆうもうかかん》な将軍だとね」

ディートリヒはちらりとルキノを見た。今、彼の頭の中では「誰？」という疑問が生まれているだろう。ディートリヒにはイゼルタ皇国の皇族についての知識がしっかりあるだろうから、皇族の中に『ルキノ』はいないとわかるはずだ。

ジュリエッタは、その辺りの話になるのを避けたかったので、すぐに本題へ入る。

「それでは、早速中で話しましょうか」

「わかりました」

「承知致しました」

ルキノとディートリヒはそれぞれ頷いた。

ジュリエッタは、いよいよ最後の仕上げだと賢者の杖を持つ手に力をこめる。

「ヴァヴェルドラゴンについて、聖女ジュリエッタより提案があります」

いつどこで誰がヴァヴェルドラゴンに襲われるかわからない状況になっている。そんなときに聖女が提案することなんてただ一つだ。

「今すぐ停戦し、両国は手を取り合い、ヴァヴェルドラゴンの討伐を行ってください」

慈悲深《じひぶか》い聖女らしい提案を聞かされたディートリヒは、ご立派なことだと呆《あき》れただろう。

「それはできません」

予想通りの返事がディートリヒの口から出てきた。

ジュリエッタは驚いた顔をわざと作る。

「どうしてですか⁉」

「我々はメルシュタット帝国の民を守らなければなりません。イゼルタ皇国内で暴れているヴァヴェルドラゴンは、イゼルタ皇国軍が討伐すべきです」

ジュリエッタは、心優《こころやさ》しい聖女というふりをしながらディートリヒの説得を開始する。

「ヴァヴェルドラゴンがメルシュタット帝国に入る可能性も充分《じゅうぶん》にあります！　早めに討伐をすべきです！」

「そうですね。イゼルタ皇国が早めに討伐をすべきです」

ドラゴンを操《あやつ》ることなんてできない。ドラゴンが餌《えさ》を求めて飛び、目につきやすい要塞や砦にいるメルシュタット帝国軍を襲ったのはただの不幸だ。いくらなんでも、この砦まできることはない……というようなことをディートリヒは考えているはずである。

（そう、この砦近くにヴァヴェルドラゴンがきてしまうのも不幸の一つ。ヴァヴェルドラゴンに襲撃されるという報告が入るまで、話し合いの時間を引き延ばさないと……！）

ヴァヴェルドラゴンを実際に見たら、ディートリヒも考えを改めるだろう。メルシュタット帝国に入られる前に共同で討伐をした方がいいという判断をするはずだ。

（予定ではそろそろのはず……！）

ジュリエッタが賢者の杖をぎゅっと握ったとき、それは起きた。

——腹の底が震える。大気が重くのしかかる。

この場にいる者たちは、初めて味わう得体の知れない不安にうろたえる。

一体なにが……と思わず周りを見てしまったら、急に暗くなった。

「ジュリエッタ!!」

一番早く反応できたのは、ルキノだったのかもしれない。

ルキノはジュリエッタを抱きこみ、そのまま体重をかけてくる。

それにジュリエッタが驚いたとき、強い衝撃に襲われた。

——一瞬、息が止まる。

ジュリエッタは床《ゆか》に倒れこみながらも、とっさに神聖魔法を使った。

「盾の奇跡《アイギス・ララ・リーリエラ》！」

なにか起きた。けれどもよくわからない。

その状態でも障壁《しょうへき》を作り、この辺りを守ろうとする。

神聖魔法で作られた盾は、ジュリエッタたちをたしかに守ってくれた。

轟音《ごうおん》と震動《しんどう》を存分に味わい、ようやく土煙《つちけむり》が収まったあとに、ジュリエッタは山小屋が破壊されたことを知る。

「——ヴァヴェルドラゴン!!」

ジュリエッタは恐怖《きょうふ》を感じた。同時に納得《なっとく》もした。ヴァヴェルドラゴンに感じていた小さなずれが、ついに大きな計画外の出来事になったのだ。

（接近しているという報告の前に襲われてしまった……！）

今は拘束魔法がどうのこうのと言っている場合ではない。とにかく、まずは身を守ることを優先しないと——……死ぬ。

「逃げろ!!」

誰かの叫《さけ》びが聞こえた。

しかし、ジュリエッタはまだ這《は》いつくばっていて動けない。ヴァヴェルドラゴンが口を開くところを見つめることしかできなかった。

「皇太子殿下！　そこは危険です！」

「皇王陛下！　聖女さま！」

叫び声が聞こえる。

目の前が赤く染まり、熱風に襲われる。

ジュリエッタは、ヴァヴェルドラゴンが吐《は》いた炎《ほのお》に襲われてしまったことを理解した。

そして、痛みと熱さを覚悟《かくご》する。けれども、なぜか少し熱いだけですんでしまった。

（これは防御《ぼうぎょ》魔法……!?　もしかして、メルシュタット帝国軍の魔導師が……!?）

きっと、砦にいるメルシュタット帝国軍の魔導師が異変に気づき、魔法で障壁を作り出してディートリヒを守ろうとしたのだろう。その結果、ジュリエッタたちもついでに守られたのだ。

ジュリエッタが偶然《ぐうぜん》と奇跡《きせき》に感謝していると、先に立ち上がったルキノがジュリエッタに手を貸してくれた。

「大丈夫？」

「はい。……っ⁉」

ヴァヴェルドラゴンには知能がある。余計なことをした相手がわかったのだろう。身体《からだ》の向きを変え、砦にいるメルシュタット帝国兵たちに向かって牙《きば》をむき……。

「盾《アイギス》の奇跡《・ララ・リーリエラ》！」

ジュリエッタは砦を守るために急いで神聖魔法を使う。魔導師たちも砦を守るための障壁を作っていた。

しかしヴァヴェルドラゴンは、炎が通用しないことを理解すると、翼《つばさ》で突風《とっぷう》を起こす。

障壁は炎から身を守るためのものでしかない。強い風に襲われた魔導師たちはよろめき、障壁を保てなくなってしまう。

ヴァヴェルドラゴンは再び炎を吐いたあと、牙と爪《つめ》で砦にいる兵士たちを襲った。

――それはあまりにも悲惨《ひさん》な光景だ。

ジュリエッタは目をそらしたくてもそらせない。呆然《ぼうぜん》としてしまう。

誰もが死の臭いに気づいた。そして、恐怖に支配され、声すら出せなくなる。

「……そこの坊《ぼっ》ちゃん！　早くサインしろ‼」

けれども、絶望の中でルキノだけが動いた。ディートリヒに羊皮紙とペンを突き出す。

「ぼ、坊ちゃん……⁉」

「いいから停戦に合意しろ！　これには一か月だけでいいと書いてある！　今のままだとどっちと戦えばいいのか兵士たちが迷うんだ！　優先順位をはっきりさせろ！」

ディートリヒは驚きながらも、その通りだと思ってくれたようで、すぐにサインしてくれた。

「これでよし、っと！」

ルキノも急ぎサインをする。

これで〝停戦〟だ。

ジュリエッタたちの目的は果たせた。しかし、まだ喜べない。大きな問題は残っている。

――ヴァヴェルドラゴンの討伐。

それができなければ、ここにいるほとんどの人間は死ぬ。

「総員に告ぐ！　我がメルシュタット帝国はイゼルタ皇国との即時《そくじ》停戦に合意した！　イゼルタ皇国と共にドラゴンを討ち取れ‼」

ディートリヒが叫べば、まだ動ける者たちがあちこちに走っていく。

「オルランド！　ここからはドラゴン退治だ！」

ルキノもまた、指示を出した。

「はっ！　伝令と合図を急げ‼」

オルランドの部下が、赤い旗と青い旗を振って皇国軍に合図を送る。赤は停戦したという意味で、青はドラゴン退治を開始するという意味だ。

皇国軍はドラゴンの動きを止めるための道具を抱《かか》え、一斉にこちらに向かってきた。

「ジュリエッタ、いける？」

ルキノの確認に、ジュリエッタは頷く。

「はい！」

ジュリエッタはまず、メルシュタット帝国軍の魔導師たちを探す。

砦の中でよろよろと立ち上がっている魔導師が見えた。どうやら何人かは無事のようだ。

「ディートリヒ皇太子！　私に魔導師を貸してください！」

「……承知した！」

神聖魔法を使うジュリエッタの申し出に、なにか策があるのかもしれないと思ったディートリヒは頷いてくれた。

ジュリエッタは砦に向かって走り、大きな声で指示を出す。

「魔導師の皆さん！　池を作ってください！　まずは大地にくぼみを、そこに水を！」

「これは命令だ！　聖女さまの言う通りにしろ！」

ディートリヒの声が響いた途端《とたん》、魔導師たちが声をかけ合い、役割分担を始めた。

（聖女である私の言葉には力がある……！）

ジュリエッタは、なにもできない聖女であることをずっと情けなく思ってきたけれど、やれることはきっともっとたくさんあったのだろう。

（でも、後悔《こうかい》はこのあと！）

今はドラゴンを拘束しなければならないときだ。

「大地よ！　我が命に従い、その牙をむけ！」

魔導師が魔法を使う。地響《じひび》きと共に近くの大地が割れ、大きな窪地《くぼち》ができた。

兵士たちはこれもドラゴンの力なのかと動揺《どうよう》していたけれど、ジュリエッタたちに説明する余裕はない。

「水よ！　我が命に従い、その力を満たせ！」

今度は窪地に水が溜《た》まっていく。あっという間に小さな池ができた。

なぜ池が必要なのかという皆の疑問は、すぐに解消される。

怒りの炎を空に向かって吐いていたヴァヴェルドラゴンが、池を見たあと急いでそこに向かったからだ。

（今朝、ヴァヴェルドラゴンに硫黄《いおう》を詰《つ》めた羊を食べさせておいた……！　きっと朝からずっと喉《のど》が渇《かわ》いていたはず……！）

　これは四百年前の聖女が使っていた作戦だ。

　彼女はカレルノ山脈に二頭のヴァヴェルドラゴンを誘《おび》き寄《よ》せたあと、硫黄を詰めた羊を食べさせ、池で水を飲むヴァヴェルドラゴンに拘束魔法をかけた。

　ジュリエッタは、四百年前と同じことをするために賢者の杖を握る。そして魔導師たちにも声をかけた。

「今のうちに拘束魔法を！」

　ジュリエッタは深呼吸をし、賢者の杖を握る手に神聖力を集めていく。

　金色の光がジュリエッタに集まってきて、金髪《きんぱつ》やスカートをふわりと浮かせた。

「緑なす大地と蒼き風の祈り――……」

　サファイアブルーの瞳が、ヴァヴェルドラゴンを捉《とら》える。

「大地の紡ぎ糸、大気の紡ぎ糸。

　我らは捕縛《ほばく》の恵《めぐ》みを求む、さらば与《あた》えられん。

　偉大なる神よ、我らに祝福を！

　拘束の奇跡《グレイプニル・ララ・リーリエラ》！」

　魔法の鎖《くさり》が生み出され、ヴァヴェルドラゴンを縛ろうとする。

　ジュリエッタは手応えのようなものを感じた。いける、と手に力をこめる。

魔導師たちも拘束魔法をかけてくれ、拘束はより強くなり――……。

――そのとき、ヴァヴェルドラゴンが吠《ほ》えた。

複数の拘束魔法を、ヴァヴェルドラゴンが無理やり引きちぎろうとして暴れ出す。

ヴァヴェルドラゴンは強い魔力を持つ生き物だ。純粋《じゅんすい》な魔力比べになれば、こちらが負けてしまうかもしれない。

（だったら、魔力比べに勝てばいい！）

ジュリエッタはルキノを捜《さが》した。この状況なら、ルキノが一番頼《たよ》りになる。

「ルキノ！　石を投げてヴァヴェルドラゴンの片目に当ててください！」

「……できないって言える場面じゃないよね」

ルキノは足元で手頃《てごろ》な石を探す。ぽんぽんと軽く投げ、手のひらでその重さを確認した。

――さぁ、熱くなれよ。ジュリエッタのために！

ルキノは自分を叱咤激励《しったげきれい》し、奮《ふる》い立たせる。

「この距離《きより》だと当てることしかできない。それでもいい？」

「魔法をかけるので大丈夫です」

「了《りょう》～解《かい》！」

ルキノは軽く助走をつけた。

長い腕を使い、ぐっとしならせ、石をヴァヴェルドラゴンの右目に向かって投げつける。

「疾風の祝福《アネモイ・ララ・リーリエラ》！」

ジュリエッタは、拘束魔法を一時的に解いた。代わりに、風を使った魔法を石にかける。

これは馬や人の足にかけている強化魔法と同じだ。勢いがつき、速さが増してくれる。

「当たる！」

ルキノの叫び声と同時に、ヴァヴェルドラゴンが吠えた。

風によって矢よりも速くなった石は、ヴァヴェルドラゴンの右目に突き刺さる。

ヴァヴェルドラゴンが吠えた。痛みによって怒りが増していき——……ルキノとジュリエッタをにらむ。

「危ない！」

ルキノは騎士たちと違い、特別な訓練を受けたことなんてない。

黒いなにかが一気に迫ってきていることに気づけても、それを防御する方法も、それから逃げる方法も、とっさに思いつかなかった。

——だったら！　この命をかけろ！　ジュリエッタだけは守れ！

へらへら笑うばかりのどこかがおかしい自分なら、大事な人のために命を投げ出すことも簡単にできるはずだ。

（ああ、そうか。俺はジュリエッタを守るためにおかしかったのかも）

死ぬことを恐《おそ》れないから、誰よりも早く動ける。

ルキノはほっとした。いつか誰かを殺してしまいそうな気がしていたけれど、ジュリエッタの傍にいたら普通の人でいられる。

ルキノはジュリエッタの腕を引いてから、自分たちを襲ってきたのがヴァヴェルドラゴンの尻尾《しっぽ》だということに気づいた。

ルキノとジュリエッタは共に地面へ倒れ込む。ルキノは強烈な痛みと熱さを自分の腕に感じ、意識を飛ばしそうになった。

「大丈夫です、か……う、うで！　ルキノ！　腕が‼」

ジュリエッタの驚きの声で、ルキノは片腕をなくしたことを知る。

痛いと喚《わめ》くのはあとだ。可愛《かわい》い女の子の前だから、見栄《みえ》を張らなければならない。

「ジュリエッタ、大丈夫……？」

「私は大丈夫です！」

ルキノは脂汗《あぶらあせ》をかきつつも、なんとか左手で失った右腕を押さえた。

「……まぁ、片腕ぐらいは仕方ないでしょ。首があるし」

「腕も大事です‼　あ、あ……ど、どうしましょう！」

顔面蒼白《そうはく》になったジュリエッタはきょろきょろする。ルキノの腕はすぐに見つかった。

ごろんと落ちていたルキノの腕を急いで掴んで戻り、ルキノに押しつける。

「傷口に当てておいてください！　あと少しだけ頑張《がんば》ってくださいね！」

ルキノは驚いた。ジュリエッタは女の子だ。恐怖で混乱し、こんなのもう無理だと言い出しても仕方ない場面なのに、勇ましく腕を取りに行き、頑張れと促《うなが》してくる。

（……やっぱりすごいなぁ、ジュリエッタは）

ルキノは歯を食いしばり、痛みを堪《こら》えた。ジュリエッタの前だ。平気な顔をしていたい。

「そうです！　えぇっと、こうでした！」

ジュリエッタは拳《こぶし》を作り、ルキノの肩に軽く当ててくる。

ルキノは一瞬、腕の痛みを忘れ、笑ってしまった。

「頑張れ、〝相棒《ジュリエッタ》〟！」

「はい！　任せてください！」

ジュリエッタは手の中にある賢者の杖をぎゅっと握りしめる。

まず、賢者の杖の先端《せんたん》にはめこまれているヴァヴェルドラゴンの目に意識を集中させた。

ジュリエッタの周りに再び金色の光が集まってくる。

「……ん？　ヴァヴェルドラゴンからも光？」

ルキノは痛みを堪えながら、いつもより多くの光がジュリエッタへ集まってきていることに気づく。

ヴァヴェルドラゴンの潰された右目からも光がこぼれている。そして、その光はジュリエッタの杖の先端に集まってきた。

ジュリエッタは、光の渦《うず》の中心に立ちながら、まっすぐにヴァヴェルドラゴンを見る。その瞳は赤く輝いていた。

「——ルキノ、見ていてください。奇跡を起こしてみせますから」

【共振《きょうしん》】という現象がある。

同じ振動が加わると、振動の幅《はば》が増すというものだ。

これは日常の中でもよく見られるもので、もちろん魔法の分野でも同じことが起きる。

ジュリエッタはこの共振を利用し、ヴァヴェルドラゴンの魔力を消費するつもりでいた。

(賢者の杖に使われているヴァヴェルドラゴンの目を、潰されたヴァヴェルドラゴンの片目として見たて、私の神聖力にヴァヴェルドラゴンの魔力を共振させる……!)

ジュリエッタの神聖力は大きくない。大きな神聖力を扱《あつか》う技術もない。

けれども、ここには大きな魔力の塊《かたまり》があって、そして四百年前の聖女に使われていた賢者の杖がある。

一人では起こせない奇跡も、助けがあれば起こせる。

「緑なす大地の祈り——……」

ジュリエッタは、この場にいる皆に祈りを捧げた。

「大地に降り注ぐは雨、咲《さ》き誇《ほこ》るは命。

我らは慈愛《じあい》の恵みを求む、さらば与えられん。

偉大なる神よ、我らに祝福を！」

サファイアブルーの瞳が赤色に染まり、きらきらと輝く。

「癒やしの奇跡《クロノス・ララ・リーリエラ》‼」

ジュリエッタから、白く柔《やわ》らかな光が広がっていった。

それは大地に、人々に、癒やしの力を与える。

ヴァヴェルドラゴンの炎で焼かれた大地が再生していく。焦《こ》げたところから草が生え、焼け落ちた木々は枝を伸ばし、花があちこちで咲いた。

傷ついた人々は、痛みが消えたことに驚いたあと、もう一度驚く。

怪我が治っていく。火傷《やけど》も、切り傷も、なにもかも。

「うわぁ」

ルキノは腕一本の犠牲《ぎせい》でドラゴンがどうにかなるのなら……と諦《あきら》めの気持ちでいたけれ

ど、あっという間に腕がくっついてしまった。

立ち上がり、腕を回してみる。痛くない。傷痕《きずあと》もない。これでは、大怪我をしたと言っても誰も信じてくれないだろう。

「……奇跡、か」

ジュリエッタは、敵味方関係なく癒やしていく。

皇国軍の兵士も、メルシュタット帝国の兵士も、腹に硫黄を詰めこんでしまったヴァヴェルドラゴンも癒やした。

そして——……ヴァヴェルドラゴンの魔力のほとんどは、奇跡を起こすために使われた。

「緑なす大地と蒼き風の祈り——……。

大地の紡ぎ糸、大気の紡ぎ糸。

我らは捕縛の恵みを求む、さらば与えられん。

偉大なる神よ、我らに祝福を！

拘束の奇跡《グレイプニル・ララ・リーリエラ》！」

ジュリエッタが再度、ヴァヴェルドラゴンに拘束魔法をかける。

今度こそジュリエッタの神聖魔法は、ヴァヴェルドラゴンを拘束した。

ヴァヴェルドラゴンに淡《あわ》い光を放つ鎖が巻きつき、その鎖は光を強く放ったあとに水晶となり、ヴァヴェルドラゴンを封《ふう》じこめる。

ジュリエッタは、しっかり拘束できたことを確信したあと、ふうと息を吐いた。

「やっ……た！　やったぞ！」

大暴れしていたヴァヴェルドラゴンが、水晶に閉じこめられた。

絶望から一転、奇跡が起きる。

そのことに皆がどよめく。

「ドラゴンを封じこめた！　勝てたんだ！」

「奇跡だ……！　これが、……すごい……!!」

「聖女さま！　聖女さま!!」

わあっとあちこちから歓声《かんせい》が上がった。

ヴァヴェルドラゴンを退治したという喜びと、皆の怪我を治してくれた聖女の奇跡への興奮と感謝。

それらが交じり合い、自然と「聖女さま！」とジュリエッタを讃《たた》える大合唱が生まれる。

しかし、ジュリエッタの耳にそれらは届かなかった。そんなことよりも大事なものがあったのだ。

「ルキノ!!」

ジュリエッタは振り返り、ルキノの腕を見る。

「くっつきましたか!?」

「うん」

「痛くないですか⁉」

「もうまったく。ほら」

一度は吹っ飛んだ右腕を、ルキノが回してみせてくれた。

ようやくジュリエッタの肩から力が抜《ぬ》ける。

「よ、よかった……」

賢者の杖にしがみついていると、ルキノが笑い声を立てた。

「ジュリエッタ、ほら」

ルキノは手を上げ、顔の横で手のひらを見せる。

「やった～！　ってなったときの、あれ」

その言葉に、ジュリエッタは息を呑《の》む。

そして、教えてもらった相棒同士の喜びの仕草をすぐに思い出した。

「やりましたね！」

ジュリエッタは手を伸ばし、ルキノの手のひらに自分の手のひらを打ち付ける。

えへへと笑っていると、ルキノが手を伸ばしてジュリエッタをぎゅっと抱きしめてきた。

「ルキノ⁉」

「喜びがあふれたら、こうやって互《たが》いを讃えるために抱き合うんだ。ほら、みんなも」

ルキノに抱きしめられているジュリエッタは、周りを見てみる。

兵士たちが喜びながら肩を抱いたり、抱きしめ合ったりしていた。

なるほどと思いながら、自分もルキノを抱きしめる。

「大成功しましたね！」

「おまけに停戦までしちゃったし～？」

ルキノとジュリエッタは、笑い合う。

まさかこんな展開になるなんて、思ってもみなかった。

（よかった……！　これでイゼルタ皇国の未来が開けた……！　私は最後の最後で、聖女としての役目を果たせたのかもしれない……！）

神はこのためにジュリエッタを聖女にしたのだろう。ようやく聖女になってよかったと心から思える。

「聖女さま！　……いえ、奇跡の聖女さま！　我々を助けてくださり、本当にありがとうございます！」

オルランドが駆け寄ってきて、ジュリエッタに頭を下げる。

ジュリエッタは、奇跡を起こせたのは賢者の杖とドラゴンの魔力とルキノの投石の腕前《うでまえ》のおかげだと思いつつも、オルランドに聖女として微笑《ほほえ》みかけておいた。

「奇跡の聖女だ！」

「大怪我を一瞬で治して、ドラゴンまで……！」

「素晴《すば》らしいお力だ！」

皆から讃《たた》えられたジュリエッタは、ちょっと恥《は》ずかしくなってしまう。けれども、とても嬉《うれ》しい。やっと聖女として皆の役に立てたのだ。

「……聖女ジュリエッタ」

いつの間にか、ディートリヒが近くにきている。

ジュリエッタは、慌てて気を引き締《し》めた。

「我が国の兵士たちへの癒やしの奇跡、感謝致します」

ディートリヒが丁寧《ていねい》に頭を下げてくる。

ジュリエッタは、ディートリヒにも微笑みかけた。

「これも聖女の務めです。……ディートリヒ皇太子、神は争いを望んでおられません。どうか、両国がよりよい道へ向かいますように」

ジュリエッタは遠回しに、戦争再開に反対する。

ディートリヒは、メルシュタット帝国軍の兵士の傷を治した聖女の顔を立て、一度軍を引いた方がいいと判断してくれたのだろう。すぐに兵士たちに撤退の指示を出してくれた。

皇国軍は急いで点呼を行う。

ジュリエッタの癒やしの神聖魔法によって兵士たちの怪我は治っているけれど、これは亡《な》くなった人を復活させる魔法ではない。

「全員無事です！」

続々と各部隊から報告が入ってくる。

焼けたり壊《こわ》れたりした装備品はあっても、誰も命を落とさなかった。そのことに、ルキノもジュリエッタも安心する。

「準備が整ったら急いで皇都に戻りましょう」

「よろしく」

オルランドの言葉に、ルキノは頷いた。

これから一か月の停戦期間を利用し、皇国は態勢を立て直して戦争を完全に終わらせなければならない。

まだまだ大変なことが待っているけれど、兵士たちは嬉しそうにしている。

そんな光景を見たルキノは、ふっと息を吐いた。

(俺も今は浮かれておこうっと)

負けたら全てが終わりだと思っていた往路と違い、復路の足取りは軽い。

皇国軍はどんどん進み、夕方頃には奪還した砦に入り、身体を休めることになった。

「う～ん、少し歩いてこようかな……」

ルキノは、用意された部屋のベッドで早くから横になっていた。

しかし、興奮状態が続いているようで、疲れているはずなのに、なかなか眠気《ねむけ》が訪《おとず》れてくれなかったのだ。

(久しぶりに熱くなったせいもありそう。……最後に熱くなれたのはいつだっけ。妹をいじめた奴《やつ》を石で殴《なぐ》ったときか?)

眠くなるまで夜風を楽しもうと思い、部屋を出る。ランプを持ったまま外を少し歩いてみたけれど、それでも眠気は訪れてくれなかったので、今度は砦の上を目指した。すると、見張り台のところに人影《ひとかげ》が見える。

兵士の誰かだろうと思ったけれど、その影は随分《ずいぶん》と小柄《こがら》だ。

「こんばんは、ジュリエッタ」

「……ルキノ?」

ルキノは軽く手を上げる。

ジュリエッタは振り返り、こちらを見て柔らかく微笑んだ。

——ジュリエッタの金色の髪が淡い光を放ちながら風になびいている。

月の女神《めがみ》だと自己紹介《しょうかい》されたら、きっとルキノは信じてしまっただろう。

「ルキノも眠れなかったんですか？」

「そうそう。嬉しくて」

「ふふ、同じですね」

ジュリエッタの軽《かろ》やかな声が心地《ここち》よい。

ここでジュリエッタとしばらくどうでもいい話を続けていたら、きっと心が落ち着いて、ゆっくり眠れるだろう。

（昼間のジュリエッタはあんなに俺を熱くしたのに。不思議だなぁ）

ルキノはいつだって妹以外のことは『まぁいいか』で生きていた。

なにかに熱中できる人を見て凄《すご》いと思うことはあっても、自分には一生関係ないことだと思っていた。

だというのに……。

——傷口に当てておいてください！　あと少しだけ頑張ってくださいね！

——ルキノ、見ていてください。奇跡を起こしてみせますから。

ジュリエッタはルキノの心を摑んで、強く揺さぶってくる。熱くさせる。

だから口癖《くちぐせ》の『まぁいいか』が出てこなくなるのだ。

「ジュリエッタ、はいどうぞ」

ルキノは袖《そで》から花をぱっと取り出す。さっき外を歩いたときに摘《つ》んだものだ。

ジュリエッタは前と同じように目を円《まる》くした。

「どこから出てきたのかわかりませんでした。……ルキノも魔導師《まどうし》なんですね。ありがとうございます。とても綺麗《きれい》です」

嬉しい、と微笑みながらジュリエッタは花を受け取る。

「ねぇ、ルキノ。私は今日、生まれて初めて聖女になってよかったと思いました」

「……うん」

「聖女になった意味をずっと考えていたんです。奇跡を起こせないのに、どうして聖女になってしまったのか。聖人カルロは、どうして私を聖女に推薦《すいせん》したのだろうか……と」

ジュリエッタが背負っているものは重い。後悔、期待、失望……ジュリエッタはルキノには想像できないものとたくさん戦ってきた。

「今日のために、私は聖女になったと思うんです。……それに、聖人カルロが私になにを求めていたのかも、ほんの少しだけ見えてきました」

ジュリエッタは強い。しっかり考え、自分で答えを見つけようとする。

生まれも育ちも違う自分は、ジュリエッタの悩《なや》みや苦労を本当の意味で理解することはできない。ジュリエッタを救うことができるような立派な人物でもない。

(だったら、せめて俺は〝相棒《ジュリエッタ》〟を大事にしたい)

真面目で頑張り屋さんの相棒の話を聞きながら、ルキノはうんうんと頷く。

「ジュリエッタは偉《えら》いなぁ」

そしてジュリエッタもまた、ルキノの言葉に込《こ》められた想《おも》いを、きっと本当の意味で理解できないだろう。

普段《ふだん》の行いや喋り方もあって、どれだけ褒《ほ》めてもジュリエッタには軽く聞こえてしまうだろうけれど、ルキノは心からジュリエッタを凄いと思っているし、ジュリエッタの頼みならなんでも聞こうと思っている。

(あ〜、あと、ジュリエッタは可愛いよね)

本人は自分の容姿の威力《いりょく》を意識していないけれど、微笑まれると見惚《みほ》れそうになるし、金色の髪がなびくとつい目で追いかけてしまうし、宝石のように輝くサファイアブルーの瞳で見つめられるとどきっとするし、何気ない仕草が可愛い。

ちなみにそう思っているのは、自分だけではないはずだ。

ジュリエッタの姿が見えると兵士たちの背筋が急に伸びるので、ルキノはその気持ちがわかるよと兵士たちの肩を抱いてやりたくなる。

相棒としてジュリエッタを大事にしたいと思っているのはたしかだけれど、同時に男として張り切りたいという気持ちもあった。

（今でもこんなに可愛いのに、恋《こい》をしたジュリエッタはどれだけ綺麗になるんだろう）

そして、ジュリエッタを独《ひと》り占《じ》めできる世界で一番の幸せ者は誰だろうか。

ルキノは、ジュリエッタにも世界で一番の幸せ者になってほしいと思っていた。

ジュリエッタたちは皇都に戻ってきた。

皇国軍の快進撃《かいしんげき》やメルシュタット帝国と停戦したという話はもう伝わっていたようで、皇都に住む人たちが出てきて歓声を上げてくれる。

さぞかし兵士たちも誇らしいだろうとジュリエッタは思っていたのだけれど、なぜかその兵士たちが戸惑《とまど》っていた。

「なにかあったのでしょうか……？」

馬車の中にいるジュリエッタは、兵士たちがざわついていることに気づけても、どうしてざわついているのかはまだわからない。

しかし、馬車が皇城近くまできたとき、ジュリエッタもついに騒《さわ》ぎの原因に気づく。

「皇旗が……!?」

思わず驚きの声を上げてしまった。

城門ではためいている皇旗の刺繍《ししゅう》が、ドラゴンと剣《けん》と林檎《りんご》ではなく、ドラゴンと剣と白百合《しらゆり》になっているのだ。

なぜルキノの皇旗が別のものに替《か》わってしまっているのか。

ジュリエッタは「まさか」と、サファイアブルーの目を見開く。

「ルキノ、大変です！　皇旗が替わっています！」

「え？　誰かがあの刺繍を直してくれたって？」

「林檎が白百合になっているんです！」

ルキノはどれどれと馬車の窓から皇旗を見て、本当だ～と呑気《のんき》な声を出す。

その間にも馬車は進んでいて、皇城の正門まできてしまった。

（気をつけないと……！）

将軍オルランドも皇城の異変に気づいたのだろう。本来なら馬車は皇城内まで入れるのだけれど、正門のところで止めるように指示を出した。オルランドは周囲を警戒しつつ馬から下り、馬車の横に立つ。

「皇城内を確認させます」

オルランドの言葉に、ジュリエッタは頷いた。

　そのとき、皇城から人が出てくる。あれはイゼルタ皇国の護衛騎士の制服だ。そしてそのうしろに――……。

「ラファエル第二皇子!?」

　銀髪《ぎんぱつ》にアイスブルーの瞳をもつ第二皇子ラファエルは、たしか二十一歳になっていたはずである。彼はかつて皇王の代わりにフィオレ聖都市へやってきて、聖女であるジュリエッタと挨拶をしたことがあった。一応、顔見知りという関係である。

「あの人が皇子さま？　初めて見た」

「はい、そうです。とても有能な方ですよ」

　ラファエルと護衛騎士たちから敵意は感じられない。

　とりあえず大丈夫そうだとジュリエッタは判断し、馬車から降りますとオルランドに告げた。

　ラファエルは、ジュリエッタが馬車から降りてくるのを待つことなく、オルランドに話しかける。

「グリッジ将軍。皇都に突入しようとしていたメルシュタット帝国軍を撃破《げきは》し、多くの要塞や砦を奪還し、多くの兵士を捕虜にできたという君からの知らせを受け、急いで戻ってきた。よくやってくれた。君はこの国の英雄《えいゆう》だ」

　ラファエルは満足そうに頷き、オルランドの肩に手を置いた。

「ありがとうございます。これも新たな皇王陛下と聖女さまのおかげです」

「皇王不在による不便もあっただろう。だが、安心してくれ。この国は新たな皇王となった私が守ってみせる」

ジュリエッタは賢者の杖をぎゅっと握りしめる。

(こうなることはわかっていた……!)

メルシュタット帝国の侵攻《しんこう》を阻止《そし》したら、皇族たちは必ず戻ってくる。そして、自分たちが正統な王だと主張することも。

「ラファエルさま、新たな皇王陛下はこちらにいらっしゃいます」

オルランドは思うところがあったのだろう。硬《かた》い声でそう言ったあと、ルキノを見た。

「我らを導いてくださった救国の皇王陛下です」

しかしラファエルは、妙《みょう》な勘違《かんちが》いをし続ける。

「皇城に残った使用人から話は聞いているよ。新たな皇王が必要だから、下町の人に協力してもらったとね。たしか名前は……ルキノと言ったかな?」

ルキノは肩をすくめた。それはラファエルの言葉を肯定《こうてい》も否定もしないような、わずかにからかいも混ぜている挨拶である。

(どうしよう……、このままだと……)

ラファエルに押し切られてしまう気がした。

ルキノは死を覚悟して皇王になってくれたのに、みんなのために残って頑張ってくれたのに、大役ご苦労さんと言われるだけで終わりになってしまう。

「――ラファエル！　ルキノは正統な皇王です！」

ジュリエッタはルキノの前に出た。ラファエルをまっすぐに見る。

「貴女《あなた》は……！」

「聖女ジュリエッタです。お久しぶりです、ラファエル。皇国の危機を救うためにフィオレ聖都市から参りました」

「お久しぶりでございます。我が皇国がメルシュタット帝国に大勝利を収めることができたのは、聖女さまのお陰《かげ》でございます」

ラファエルはうやうやしく頭を下げてきた。

ジュリエッタはその顔が上がるのを待ち、ルキノの腕を掴む。

「ルキノは皇王になるための宣誓《せんせい》と署名をすませています。皇王ルキノは、知識の聖女ジュリエッタによって聖人認定《にんてい》もされています」

まずは事実をはっきりさせるところからだ。

ジュリエッタは、『下町の青年に皇王のふりをしてもらった』のではなく、『皇位継承《けいしょう》権《けん》を持つ青年が皇王になった』ということをラファエルに告げた。

「……聖人認定？」

「はい。私は皇王ルキノと、四百年前の誓約の再現をしました。これは皇国の民のための『誓約ごっこ』ではありません。本物の誓約です」

ジュリエッタは、ここにいるルキノが皇王だと宣言する。

「……なるほど。どうやら、我々には話し合いが必要なようですね」

ようやくラファエルも現状を正しく認識《にんしき》し始めたようだ。

ジュリエッタはルキノの代わりに頷いた。

──え？　どっちが皇王なんだ？

──そりゃあ血筋でいったら……。

──でも、国外に出たら皇位継承権はなくなるんだろう？

兵士たちから戸惑いの声が零れていく。

名前も顔も知らない平民だった皇王と、元々忠誠を誓っていた優秀《ゆうしゅう》な第二皇子。

それぞれに『共に戦った』や『国外に逃げた』という要素が加わり、兵士たちは複雑な思いを抱いてしまった。

第四章

会議の間にルキノやジュリエッタ、ラファエル、オルランド、エミリオたちが集まった。

まずは順を追って『ルキノは正統な皇王《こうおう》である』ということを説明していく。

ひと通りの話が終わったあと、ラファエルは無言で立ち上がった。

「最初にルキノ・カルヴィ殿《どの》へお礼を申し上げたい。皇国《こうこく》を救って頂いたこと、感謝しております」

そして、うやうやしく頭を下げる。

全員がその様子を見てほっとした。ラファエルと今すぐに戦うという事態は、とりあえず避《さ》けられたようだ。

「いやいや、俺じゃなくてみんなのおかげだよ。それで、皇子《おうじ》さまは……」

「ルキノ、貴方《あなた》が皇王になった時点で、ラファエルはもう皇族ではありません。ラファエルと呼んでください」

ジュリエッタが小声でそう教えると、ルキノは驚《おどろ》いた。

「うわ、呼びにくいなぁ」

ルキノは皇王だけれど、元はただの平民で下町育ちだ。ラファエルが皇族ではなくなったことが事実でも、あっさり受け入れることはできない。

「……なら、ラファエル。逃《に》げたんじゃなかったっけ？　なんで戻《もど》ってきたんだ？」

ルキノは、誰《だれ》もが思いつつも言えなかったことをはっきり口にする。

ここにいる何人かは、そこまで言わなくても……という同情の眼差《まなざ》しをラファエルに送った。

「逃げたのではなく、皇族を安全な場所へ避難《ひなん》させていたのです。隣国《りんごく》に皇国の亡命政権を樹立し、諸外国の力を借りて皇国を奪還《だっかん》するつもりでいました」

「あ、ジュリエッタもそういう話をしていたっけ。俺は皇国法に詳《くわ》しくないんだけれど、国から出ていった人たちで亡命政権を作るのはありなわけ？」

ルキノはエミリオを見る。

エミリオは慌《あわ》てて手元の皇国法の本を開いた。

「皇国法では、国外に出た時点で皇位の放棄《ほうき》、もしくは皇位継承権《けいしょうけん》の放棄とみなされます。国内に皇位継承権を持つ者が一人もいないのであれば、非常事態ということもあり、亡命政権として認められることもあるでしょう。しかし、正規の手続きを踏《ふ》んだ皇王陛下《へいか》が皇国内にいる以上、亡命政権というのは無理かと……」

ルキノは面倒《めんどう》な言い回しに戸惑《とまど》ったけれど、なんとか理解しようとする。

「つまり、俺は皇王にならない方が、ラファエルにとってはよかったのか」

めた。

　ルキノはラファエルに同意を求めたけれど、ラファエルは頷《うなず》かなかった。

　二人の間に妙《みょう》な沈黙《ちんもく》が流れてしまう。ルキノは思わず隣《となり》にいるジュリエッタに助けを求めた。

「……あれ？　違《ちが》った？」

「合っていますよ。でも、ラファエルは同意しにくいでしょう。同意してしまえば、戻ってきた理由が、その……、危機が去ったから皇族に戻りたくなったと言ってしまうようなものですし……」

　皇国のためではなく自分のために戻ってきたということになってしまえば、皇国の民《たみ》が激怒《げきど》するだろう。皇国の民の支持を得られない展開になったら、ラファエルは困る。

「俺は自分にとって都合の悪い展開になったら逃げるし、都合のいい展開になったら喜んで帰ってくる。ラファエルもそうならわかりやすくて助かるよ」

　ルキノとしては、上に立つ者としての義務というような言葉が出てきたら、どれだけ説明されてもよくわからない話になってしまう。

　むしろ自分と同じようなことを思っているラファエルに親しみを抱《いだ》けたのだけれど、ラファエルの方は違った。

「まずは色々なことをはっきりさせたいと思います」

　ラファエルはルキノの目をじっと見つめる。

「先ほど、書記官が『正規の手続きを踏んだ皇王陛下』と言っていましたが、現皇王陛下は戴冠式《たいかんしき》をすませていらっしゃらないはずです。その状態で正式な皇王と言えるのか……という話をさせてください」

「戴冠式ならしたよ」

ルキノはあっさりそう言い放ったあと、ジュリエッタに「だよね？」と同意を求める。

驚いているラファエルに、ジュリエッタは細かい説明を付け加えた。

「すでにルキノは大聖堂にて王冠《おうかん》をかぶり、王笏《おうしゃく》を持ち、国璽《こくじ》を持ち、フィオレ神に皇王の誓《ちか》いを立てています。客人を多く招くような大々的な戴冠式をしなかっただけです。……エミリオ、証拠《しょうこ》になるものを持ってきてください」

エミリオはジュリエッタの指示に従い、急いで冠《かんむり》と王笏を持ってくる。それから、皇王の誓いの言葉が書かれた誓約書《せいやくしょ》もテーブルに置いた。

「……王冠と王笏、国璽は、私が保管していました。代用品での戴冠式に意味はありません。皇王陛下は正式な手続きを踏んでいないはずです」

ラファエルの指摘《してき》に、ジュリエッタは首を横に振《ふ》る。

「いいえ、王冠と王笏、国璽については、皇国法で規定されていません。現在の王冠と王笏、国璽はこれです」

ラファエルはため息をついたあと、降参と言わんばかりに両手を上げた。

「正式な皇王陛下がすでにいらっしゃるということはよくわかりました」

ラファエルは冷静な人物だ。「こんなのあり得ない！」とテーブルを拳《こぶし》で叩《たた》くようなことはしない。

「……それでは新たな皇王陛下、貴方のご意志を問いたい。貴方には別の未来があったはずです。今の状況《じょうきょう》は『仕方なく』ではありませんか？」

皆《みな》の視線を集めたルキノは、肩《かた》をすくめる。

「たしかに、個人的な事情で『仕方なく』だ」

「ならば、譲位《じょうい》という方法もございます。新たな皇王が誰になろうとも、救国の英雄《えいゆう》である前皇王陛下の第二の人生は保証され、手厚い支援《しえん》を約束されるでしょう」

ルキノは隣の席のジュリエッタの肩をとんとんと叩く。

「……ごめんね。面倒くさい言い回しをされると、なにを言われているのか段々わからなくなってくるんだ」

小声で「今のはどういう意味？」と聞かれたジュリエッタは、同じく小声で説明する。

「皇王を辞めてくれたら遊んで暮らせるようにする、とラファエルは言っているんです」

「いいねぇ、それ」

ルキノは最高だなと指を鳴らす。

「もちろん、公爵位《こうしゃくい》もご用意します。皇族の静養地にて、静かに暮らすことも可能です」

ラファエルはこの話し合いの間に、ルキノの性格をおおよそ把握《はあく》したのだろう。

ルキノが自ら皇位を手放したくなるような言葉を次々に放ってくる。

「皇王陛下、いかがでしょうか」

ラファエルは勝利を確信している表情になっていた。

ジュリエッタは、ルキノの様子を黙って見守る。結局は本人の意思だ。ルキノが皇王を辞《や》めたいと言い出したら、それを尊重すべきだろう。

（ルキノにこれ以上の重荷を背負わせたくないと私も思う。でも……）

この気持ちはなんだろうか。そわそわして落ち着かない。

ルキノに待ってほしいと頼《たの》みたくなってしまう。

「ジュリエッタ。俺が皇王を辞めたら、次の皇王は誰になる？」

ルキノからの質問に、ジュリエッタは慌てて答えた。

「ええっと、……次の皇王は、皇王の妹姫《ひめ》ですね」

「俺の妹が姫？　そっかそっか。そうだよね。……う～ん、国内の田舎《いなか》に留《とど》まっているのか、国外まで行ったのか、まだわからないんだよな」

落ち着いたら手紙を出してくれと頼んであるんだけれど、とルキノは首をひねる。

「とりあえず保留でいい？　俺もジュリエッタも軍人たちも、ずっと移動していて疲《つか》れている。こんなときに家を買うかどうかのような大きい決断をするのはよくないし、大事な決断は家族と相談してからにしろっていうのが曽祖母《ひいばあ》さんの遺言《ゆいごん》でね。……まぁ、俺は曽祖母さんが亡《な》くなったあとに生まれたんだけれどさ」

ルキノの平民らしいたとえ話に、ジュリエッタは少しだけ肩の力を抜《ぬ》いた。

たしかに、疲労《ひろう》は判断力を鈍《にぶ》らせる。皇王の今後については、今すぐに決めなければならない話ではない。少しばかりの余裕《よゆう》はある。

「……なぁ、ラファエル。俺も聞きたいことがあるんだけれど、ラファエルはどうしたいんだ？　皇王になりたいのか？」

この場にいる者たちは、ラファエルは皇王になるために戻ってきたのだと思っていた。しかし、たしかに本人はまだはっきりそう言っていない。

皆の視線を集めたラファエルは、ルキノに挑《いど》むような視線を送る。

「皇国の当面の危機が去った今、隣国に亡命政権を作る必要はないと判断しました。私は皇国を救うために戻ってきたんです」

ラファエルは拳にぐっと力を入れる。

「私は、皇王とはなりたい者がなるのではなく、皇王にふさわしい者がなるべきだと考えております。皇国に戻ってきたときの私は、自分が皇王になるべきだと信じていました。この国を救えるのは、私しかいないと思っていたからです。……ですが、貴方がいた」

ラファエルが隣国にいる間に、皇国に新しい皇王が誕生していた。

そして今、皇国が危機から抜け出せたのは、残った軍人たちが頑張《がんば》ったからだけではなく、新たな皇王の導きの下《もと》に皆が頑張ったからだとわかったのだ。

「私は私の信念の下、皇国にとってよりよい未来を選択《せんたく》するつもりでいます。これから、ゆっくり話し合っていきましょう」

ラファエルはそう言うと、自分の護衛騎士《きし》たちに指示を出し始める。

ジュリエッタはルキノの顔をちらりと見た。

ルキノはいつも通り、なにを考えているのかわからない笑みを浮《う》かべている。

「そっか。わかった。……はいプレゼント」

ルキノはラファエルに近づき、袖《そで》からぱっと花を取り出す。

ジュリエッタは何度見ても魔法《まほう》のようだと感心してしまうけれど、ラファエルは目を細めた。

「……これはどういうことですか？」

「本当なら、お前が帰ってきたことをみんなで歓迎《かんげい》していたんだろうなと思って。だから、せめて俺だけでも歓迎しないと。おかえり」

ラファエルは、馬鹿にされているのかどうかを迷っているようだ。

しかし、先ほどまでのルキノの様子から、そういう男ではないということもわかっているようで、戸惑いつつも花を受け取った。

ジュリエッタは皇妃《こうひ》の部屋へ久々に帰ってくる。

すぐに侍女《じじょ》のカーラは、ジュリエッタを労《いたわ》るために忙《いそが》しく動いてくれた。

——お湯をご用意しました。

——お着替《きが》えをお持ちしました。

——お茶とお菓子《かし》を用意しました。

カーラの優しさが、ジュリエッタを癒やしてくれる。

「あ、カーラ。このお花を寝室《しんしつ》に飾《かざ》ってほしいのですが……」

「では、一輪挿《いちりんざ》しを探してきますね。少しお待ちください」

ジュリエッタはルキノからもらった花をカーラに託《たく》す。大事に持ち帰ってきたけれど、きっと明日明後日《あさって》には萎《しお》れてしまうだろう。それでも最後まで楽しみたかった。

「聖女さま、この一輪挿しでよろしいですか？」

「大丈夫《だいじょうぶ》です。素敵《すてき》な花瓶をありがとう。留守中、皇城内はどうでしたか？」

カーラはジュリエッタに、皇城内で起きた色々なことを語ってくれる。

ラファエルが戻ってきた以外の大きな出来事は、特になかったらしい。

（よかった。カーラの声が明るくなっている）

ここにきたときのカーラは、祖母を置いて逃げることができず、不安な未来に怯《おび》えていた。しかし今は、希望を抱いている。

みんなと一緒《いっしょ》に頑張ってよかった、とジュリエッタは嬉《うれ》しくなった。

「失礼致《いた》します。聖女さまに伝言がありまして……」

ノックの音と共に廊下《ろうか》から声がかけられる。

カーラはジュリエッタに頭を下げ、さっと廊下に出た。彼女はすぐに戻ってきたのだけれど、ほんの少しだけ怒《いか》りを交ぜた表情になっている。

「ラファエルさまは、夕食を自室へ運ぶように命じたそうです。そんなことをわざわざこちらにおっしゃらなくても、皇王陛下と聖女さまが晩餐《ばんさん》の間を使うのは当然のことなのに……！」

カーラはもうラファエルとルキノの皇王問題について知っていたようだ。そして、ラファエルに対して、好意のみを抱くことはできなかったらしい。

「ラファエルは有能な方ですよね。カーラはラファエルへ皇王になってほしいと思わないのですか？」

「以前なら喜びましたが……。一度はこの国を捨てた方です。また危機が訪れたら、また国を捨てるおつもりでしょう」

ジュリエッタは、皇族が脱出《だっしゅつ》したあとに皇国へやってきた。カーラのように残らなければならなかった人の気持ちは、こうやって言葉や表情から察することしかできない。

「カーラ、私はバルコニーで風に当たってきますね」

「わかりました。なにかご用があればベルでお知らせください」

カーラはお茶の準備をしたあと、音もなく部屋から出ていく。

ジュリエッタはバルコニーの扉《とびら》を開け、外の風を吸いこんだ。

ぼんやりしていると、兵士の声が中庭から聞こえてくる。どうやら彼らの話題は皇王問題のようだ。

ジュリエッタは思わずしゃがみこんでしまった。身を屈《かが》めたままそっと部屋の中に戻り、扉を閉めずに耳をすませる。

「お前、ラファエル皇子派なのか？　やめておけよ。なにかあったら、あの方はまた俺たちを見捨てるぜ」

「でもさ、平民が国を統治するのはいくらなんでも無理だろ」

「裏切り者よりはいいって。今の皇王は、聖女さまも連れてきてくれたしな」

「メルシュタット帝国《ていこく》に大勝利できたのは、今の皇王のおかげだって俺もわかっているよ。でも皇王って戦うだけじゃないだろ。そういうのは得意な人に任せた方がいいじゃん」

「ラファエルさまには皇位継承権がもうない。どうやっても皇王にはなれないんだよ」

ジュリエッタは息を吐《は》いたあと、静かにバルコニーの扉を閉める。

(私は……どうなってほしいのかな)

長椅子《ながいす》に座り、自分の気持ちと向き合った。

聖女としては、二人の皇王問題を見守ることしかできない。

ルキノが皇王のままでいるのも、ラファエルが新たな皇王になるのも、どちらもいい面もあるし悪い面もあるのだ。

(兵士が言っていた通り、非常事態の皇王にふさわしい人と、非常事態を乗り越《のこ》えたあとの皇王にふさわしい人は違う。……それになによりも、ルキノにはルキノの本来の人生があったはず。ルキノはみんなのためにその人生を諦《あきら》めてくれた)

ルキノが本来の人生を取り戻したいと言うのであれば、みんなでルキノの功績を讃《たた》えながら温かく送り出すべきだろう。

ルキノの幸せのためなら、ジュリエッタはなんでもしたいと思っている。

(……引っかかっているのは、皇王を辞めるかどうかのところではないみたい)

ジュリエッタは、ようやく自分の気持ちに気づいた。

「大事な話は家族と相談してから……」

ルキノにとって、皇王を続けるかどうかはとても大事な選択だ。

しっかり考えるべきだし、誰かと相談して意見を聞くのもとてもいいことだろう。

「私は……、ルキノの相棒ですよね……？」

友達とも恋人《こいびと》とも家族とも違う〝相棒〟。

相棒とは、大事な話の相談相手にはなれないのだろうか。

ジュリエッタは思わずため息をついてしまった。


夜、ジュリエッタは飾り気のない寝間着《ねまき》に着替えたあと、皇妃の寝室に入る。

カーラが丁寧《ていねい》に掃除《そうじ》をしてくれている寝室は、とても広くて静かだ。

スイッチを入れるだけでいい高級な魔石《ませき》を使ったランプを手に取ろうとしたら、うっかりナイトテーブルから落としてしまった。

しまった、と思ったけれど、絨毯《じゅうたん》が敷《し》かれた部屋はランプをしっかり受け止めてくれる。ランプが割れなかったことにほっとしていたら、部屋の扉が開いた。

開けられた扉は、ジュリエッタが開けた方の扉ではない。反対側にある扉だ。

「……ジュリエッタ？」

「ルキノ⁉」

ジュリエッタは、扉から入ってきた人物に驚く。なぜここにと首を傾《かし》げたら、ルキノも驚いていた。

「隣に珍《めずら》しく人がいるって思ったんだけれど、ジュリエッタの寝室だったのか」

「……あ！　皇妃の寝室は皇王の寝室に繋《つな》がっているんですね」

「そうそう。初めて隣の部屋から物音が聞こえてきたから驚いた」

ルキノが皇城で暮らし始めたときには、皇族たちはもういなくなっていた。もしかすると、ルキノは隣の部屋に幽霊《ゆうれい》がいると思ったのかもしれない。

「ごめん。ゆっくり寝《ね》てね」

ルキノがほっとしたという表情で戻ろうとする。

ジュリエッタは、思わずルキノを引き止めてしまった。

「あのっ……！」

しかし、それ以上の言葉が出てこない。なにか言わなければならないと焦《あせ》れば焦るほど、考えがまとまらなくなる。

どうしようとジュリエッタが固まっていたら、ルキノがバルコニーを指差した。

「一緒に夜空でも見ない？　どんなに綺麗《きれい》な星空でも、ジュリエッタのサファイアブルーの瞳《ひとみ》には負けるけれどね」

最初からそのつもりだったという顔で、ルキノがジュリエッタに手を差し出してくれる。

ジュリエッタがおそるおそるその手に自分の手を重ねれば、ルキノはバルコニーに連れていってくれた。

──夜風が頰《ほお》を撫《な》でていく。

星が綺麗に見えるのは、夜の皇都の灯《あか》りが驚くほど少ないからだろう。それだけ人がいないということであり、それだけ余裕がないということでもある。

「すみません。……考えが上手《うま》くまとまらなくて」

「ゆっくりでいいよ。可愛《かわい》い子と一緒に星空を眺《なが》めるこの幸せな時間を、どこまで引き延ばせるかを俺も考えないといけないし」

(大丈夫。ルキノは、こんな素敵な台詞《せりふ》をいつも当たり前のように言ってきたのだろう。何度もルキノから勇気をもらってきたジュリエッタは、自ら一歩踏み出してみる。

「私は、ルキノの相棒ですよね？」

「うん」

「相棒は……その、友達とも恋人とも家族とも違う、大きな試練を乗り越えるために協力し合う関係だと思うんです」

最初にルキノがそう言っていた。

そしてジュリエッタも、今の自分たちにぴったりの関係だと思っている。

「私は、相棒にも大事なことを……相談、してほしいと思っているんですが、ルキノはどう思っていますか……⁉」

ジュリエッタは、心の中でもやもやしていたことをなんとか言い切った。言い切ってしまえば、今度はどきどきしてしまう。

相棒という言葉の意味は、辞典でも調べた。

しかし、相棒は互《たが》いの個人的なところまで踏み込んでもいい関係なのかは、よくわからなかったのだ。

(どうなのかな……⁉)

夜風の心地《ここち》よさも、星空の美しさも、今のジュリエッタを落ち着かせてくれない。

手をぎゅっと握《にぎ》りしめながら待っていると、ルキノが困ったように笑う。

「……ジュリエッタの言う通りだ。大事な決断をする前には、相棒としっかり話をすべきだと俺も思う」

うん、とルキノは自分の言葉に頷く。

「相棒ができるのは初めてでさ。大事にしたいと思っているんだけれど、……そのやり方がどうしても妹を大事にするみたいになってたっぽいなぁ」

「初めて……」

ジュリエッタは、ルキノには相棒と呼べる人がこれまでに何人もいただろうと勝手に思っていた。しかし、ルキノの相棒はジュリエッタだけらしい。

「相棒を大事にするっていうのは、妹を大事にするのとは違う。相棒の気持ちも大事にしないといけないってジュリエッタのおかげで気づけたよ。ありがとう」

ルキノの手が、固く握りしめていたジュリエッタの手を握る。優《やさ》しく指を解いて、ジュリエッタの指に自分の指を絡《から》めた。

「ジュリエッタ、俺の今後について〝相談〟してもいい？」

「——はい！」

ジュリエッタはほっとする。自分の気持ちがルキノに通じたのだ。

もう一度、ジュリエッタは相棒としてルキノの気持ちに向き合うことにした。

「ルキノはこれからどうしたいですか？」

改めてジュリエッタが問いかけると、ルキノは少し迷ったあとに口を開く。

「俺は皇王になりたかったわけじゃない。妹を守るためになっただけだ。その目的は果たせたから、もういいかなって。……ラファエルはさ、皇王にはふさわしい者がなるべきだって言っていたけれど、俺は向いていてやりたいって人がやればいいと思っている」

人によっては、ルキノの決断を無責任だと非難するだろう。よく考えろと叱《しか》るだろう。

（でも、今の私なら、ルキノなりによく考えた結果だとわかる）

ルキノは、向いていてやりたい人を皇王にした方が国のためになると思った。

よく『自分や妹のことしか考えていない』というようなことをルキノは言うけれど、きちんと周りの人や国や民のことも大事にしてくれている。

「妹が皇王に向いているかどうかはまだわからないけれど、妹がやりたいって言ったら譲《ゆず》るつもりでいるよ」

「わかりました。私はルキノの意思を尊重します。その方向でいい未来になるよう協力しますね」

ルキノの決断を、ジュリエッタは穏《おだ》やかな気持ちで受け止めた。

皇位を退いても、皇国を救った皇王ルキノの功績は絶対に語《かた》り継《つ》がれる。彼の決意と努力はなかったことにならない。

「でも、一度は皇王を引き受けたわけだから、多少の責任感はあるよ。……実際のところさ、国外に出た皇子さまが皇王になることってできる？」

ジュリエッタは、皇国法の抜け道を頭の中に並べていく。

「ルキノにご両親はいますか？」

「うちはもう両方ともいない。事故だった」

「……大変でしたね」

ジュリエッタの言葉に、ルキノは「うん」と素直《すなお》に頷いた。

ルキノにとっては、過剰《かじょう》な慰《なぐさ》めも謝罪も必要のない、ただの過去話だ。ジュリエッタの程《ほど》よい距離感《きょりかん》の返答が、今はとてもありがたかった。

「ご両親に兄弟はいましたか？」

「もしかしたらいるのかもしれないけれど、葬式《そうしき》には誰もこなかったし、俺に叔父叔母《おじおば》がいるとか、従兄弟《いとこ》がいるとか、そういう話は聞いたことがないな。祖父《じい》さん祖母《ばあ》さんには多分いたと思うけれど」

「そうなんですね。でしたら……、ラファエルをルキノの『養子』にする、という方法があります」

「ああ、それはありだ。……うん？　でもさ、年上って養子にすることができる？」

「皇国法ではできません。まずは法律を変える必要がありますね」

「それなら国外に出た皇子の継承権を奪《うば》わないってした方がよくない？」

ルキノの純粋《じゅんすい》な疑問に、ジュリエッタは苦笑《くしょう》した。

「法律は、さかのぼっての適用はしないという大きな決まりがあるんです。ですから、ラファエルの皇位継承権は、現時点ではどうやっても取り戻すことはできません」

「なるほど。どうにかして新しく皇位継承権を与《あた》えるってことにするのか」

ルキノの両親がもういないのなら、ラファエルをルキノの兄にすることはできない。

ラファエルはルキノより年上なので、現段階ではルキノの養子にすることもできない。

「……あとは、ルキノの妹さんと結婚《けっこん》してもらうという方法もあります」

「妹と、あの皇子さまが結婚？」

「はい。妹さんを皇王にし、ラファエルに王配の称号《しょうごう》を与え、共同統治者になってもらうんです。皇王とは違いますが、皇王とほぼ同格の称号ではあります」

「そういうことか……。妹と結婚ねぇ……。それはもう、妹と直接話し合ってもらうしかないな」

ルキノはそわそわしている。妹をとても大事にしている人だから、皇王問題の解決に妹を利用したくないのだろう。

「皇位継承権というのは、皇王が基点となります。先ほどお祖父さまとお祖母さまには兄弟がいたかもしれないという話をしていましたよね？　そこまでさかのぼって、ラファエルより年上の人の養子にしてもらって、それより前の順位の人に継承権を放棄してもらうという方法もありますが……」

「それって難しくない？」

ルキノはあっさりと言い放つ。

ジュリエッタもその通りだと苦笑した。

「当面の危機が去ったこの状況なら、皇王になれるのであればなりたいと思う方もいるでしょう。現実的な手段ではありませんね」

現時点では、ラファエルが皇王になるためには、いくつかの大きな問題がある。ラファエルだってそのことをわかっているだろう。

（最悪は革命……、ううん、さすがにそこまではしないはず）

ラファエルがルキノの命を奪って新しい国を作る。それも一つの手段だ。

しかし、そんなことをしたら、『イゼルタ皇国』ではなくなる。フィオレ聖《せい》都市との密接な関係を捨てることになってしまう。

「ルキノ、ラファエルに皇位をどうしても譲れない場合はどうしますか？」

「それそれ、どうしようか。困ったな。……どうしよう？」

本気でルキノが困った顔をして、ジュリエッタに助けを求めてきた。

ジュリエッタは思わず笑ってしまう。

「他の方法を探《さぐ》ってみます。ですがその前に、講和条約をどう結ぶかと、捕虜《ほりょ》の待遇《たいぐう》や捕虜交換《こうかん》についての話し合いをしましょう。皇王問題については、妹さんが見つかるまで、そして妹さんの意思を確認《かくにん》するまで、保留にしてもいいと思います」

「わかった」

「あと、ラファエルにはなにか役職を与えましょう。ラファエルはとても優秀《ゆうしゅう》で、国のためになる冷静な判断ができる人です。……皇国の敗戦が濃厚《のうこう》になった時点で隣国に亡命政権を作ろうとしたことも、当面の危機が回避《かいひ》されたから戻ってきたことも、冷静な判断だと言えます。民の心情に寄りそっている判断かどうかは、また別の問題ですが……」

ラファエルが戻ってきてくれたことで、これから色々なことがしやすくなる。それは間《ま》違《ちが》いない。

「私たちにはラファエルの力が必要です。ですが、現時点のラファエルには元皇族という肩書《かたが》きしかありません。このままだとラファエルも動きにくいはずです」

今やるべきこと。後に回してもいいもの。

それらをぽんぽんと仕分けしていくジュリエッタに、ルキノは感心した。

「ジュリエッタに任せっぱなしでごめん。皇王っていってもさ、なにをしたらいいのかは言われないとよくわからなくて」

「いいんですよ、それで。そのために私がきたんです。前例を基《もと》にして解決策を考える。そういうお仕事は私の得意分野ですから。皇王問題の解決も、講和条約の締結《ていけつ》問題も、捕虜問題も、頼《たよ》りにしてくださいね」

ジュリエッタがそう言い切れば、ルキノはにっと笑う。そして、拳をぐっと突《つ》き出してきた。

ジュリエッタは、その拳に自分の拳をえいっと当てる。

互いに笑ったあと、おやすみなさいと言って別れた。

（……よかった！　きちんとルキノと話し合うことができた！）

ジュリエッタはベッドに横たわったあと、胸にそっと手を当てる。

胸の中が温かい。どきどきしている。これはルキノに相棒とはなにかを問いかけたときのものとは違うどきどきだ。

(明日からもっと頑張ろう……!)

事務処理しかできないと嘆《なげ》いていたあの頃《ころ》とは違う。

みんなで笑い合いながら「よかった」と言える未来を作る手伝いが、ジュリエッタにもできるようになったのだ。

翌日、メルシュタット帝国とどうやって講和条約を結ぶかと、捕虜をどうするかについての話し合いが始まった。

「抱《かか》えている捕虜の数が互いにあまりにも多い。メルシュタット帝国側は捕虜交換に応じてくれるでしょう」

ラファエルの言葉に皆が頷く。

捕虜交換に関しては、メルシュタット帝国に提案したらすぐに話が進むはずだ。

残る問題はというと——……。

「では、メルシュタット帝国と講和条約を結ぶためにどうしていくかですね」

ラファエルは手元の資料を見ながら、現状を改めて確認していく。

「メルシュタット帝国は、進軍中にヴァヴェルドラゴンに偶然襲《ぐうぜんおそ》われてしまい、部隊を再編するために一時撤退《てったい》しただけという認識《にんしき》でいるはずです。このまま素直に引き下がるとは思えません。終戦に同意させたいのなら、交換条件が必要でしょう。たとえば、鉱山とか。国境近くで、使い勝手が悪いところならば、思い切って交渉《こうしょう》材料に使うべきです」

皇国はバレローナ国との戦争も続けている。バレローナ国付近の海域からは撤退済みだけれど、講和条約は締結していない。

バレローナ国がメルシュタット帝国と手を組めば厄介《やっかい》なことになる。皇国としては、メルシュタット帝国との戦争に早く決着をつけておきたかった。

「……ね、ジュリエッタ。国境沿いにそんな都合のいい鉱山ってあるわけ？」

ルキノの質問に、ジュリエッタは小声で答える。

「ありません。聖脈がある山であれば、鉱山以上の価値があるのですが……」

「なんだっけ、聖脈があれば魔石が採れるようになるとかなんとか……」

「そうです。皇国内に魔石の採掘場《さいくつじょう》はあるのですが、質のいい魔石が採れているわけではありません。ランプに使えるぐらいのものですね」

「そっか。……価値がないと交渉には使えないな」

皆がルキノと同じことを思っていた。

ラファエルも、鉱山を使うのはどうかとは言えても、使い勝手が悪い鉱山だけでは講和条約締結まで持っていけないことをわかっている。

皆が黙り込んでしまった中で、ジュリエッタは手を挙げた。

「私から提案があるのですが……」

ジュリエッタは昨夜、なかなか眠《ねむ》れなかった。

ルキノに相談してもらえたことが、それだけ嬉しかったのだ。

(それでずっと講和条約問題について考えていたのだけれど……)

答えに気づけたのは、前例が自分の中にあったからだろう。

「価値がないものを、価値があるように見せかけるのはどうですか?」

ジュリエッタはフィオレ聖都市の聖女にふさわしくなかった。

司祭たちはそれを誤魔化《ごまか》すために、書類仕事しかできないジュリエッタを『賢者《けんじゃ》』と言い広めたのだ。

あのときは聖女と崇《あが》められることも、賢者と讃えられることも苦しかった。情けなさにうつむくことばかりだったけれど、あの苦い日々が今のジュリエッタを助けている。

「封印《ふういん》魔法をかけられた〝ヴァヴェルドラゴン〟に、新たな価値を与えましょう」

メルシュタット帝国と共に必死になって封《ふう》じこめたドラゴンは、まだそのまま放置されている。

ジュリエッタは、後ほどカレルノ山脈に再び埋《う》められる予定だったものを利用するのはどうかという提案をした。

「このことを捕虜にも教えておくんです」

そして、封じたヴァヴェルドラゴンに付け加えるものについての説明を始めた。


――皇国がヴァヴェルドラゴンを操《あやつ》る新魔法を開発した。

あるときからそんな噂が、皇国内のあちこちで囁《ささや》かれるようになる。

皇国の街や村で捕虜として過ごしているメルシュタット帝国の兵士たちも、自然とその噂を耳にすることになった。

「ヴァヴェルドラゴンに襲撃《しゅうげき》されたのは、運が悪かったからじゃないのか……!?」

「不運があんなに続くわけがないだろう。これは間違いないぜ」

「あのヴァヴェルドラゴンは、聖女さまによって拘束《こうそく》魔法をかけられたんだろう?」

「フィオレ聖都市と皇国の関係の深さは周知の事実だろうが。元は同じ国だぜ。頼まれたら拘束魔法を解くかもしれない。いや、封印されたドラゴンが他にもあったら……」

最初は「まさか」で始まった話だった。

しかし、噂話《うわさばなし》というのは、誰かの『想像』が、誰かによって『確信』に変わり、最後は『事実』になってしまうのである。

「魔法陣《じん》を手順通りに描《か》け。小さなミスも許されないからな」

ある日、水晶で固められたヴァヴェルドラゴンのところに魔導師《まどうし》がやってきて、観察記録をつけ始めた。それだけではなく、ああでもないこうでもないと実験し始めた。

魔法陣を描いたり、炎《ほのお》を起こして水晶を溶《と》かそうとしたり、水の刃《やいば》で破壊《はかい》しようとしたり……。

皇国内に放たれているメルシュタット帝国の間諜《スパイ》は、皇国の新魔法についての噂話をもちろん手に入れていて、本当かどうかを確かめるために魔導師たちの動きを見張っていた。

そして――……知らないなりに、魔導師によって描かれた魔法陣をこっそり描き写し、それをメルシュタット帝国へ持ち帰る。

「ディートリヒ皇太子《こうたいし》殿下《でんか》、間諜《スパイ》からの情報です。魔導師たちが拘束魔法をかけられたヴァヴェルドラゴンで様々な実験を行っているようです」

ディートリヒは、皇国の皇都突入《とつにゅう》計画の総司令官を任されていた。

しかし、皇国に入った途端《とたん》、皇都近くで待機していた部隊がヴァヴェルドラゴンの襲撃に遭《あ》い、壊滅《かいめつ》してしまったのだ。

苦労して手に入れた砦《とりで》や要塞《ようさい》もヴァヴェルドラゴンによって破壊され、皇国に取り戻されてしまった。

——メルシュタット帝国軍は不運だった。あまりにも。

ディートリヒはそう自分を慰めていたのだけれど、この新たな情報に動揺《どうよう》してしまう。

「それはっ……いや、落ち着け。我が国もドラゴンを捕獲《ほかく》したら様々な実験をするだろう。皇国はどのような実験を？」

「それが……、描かれていた魔法陣を我が国の魔導師が解析《かいせき》した結果、どうやらヴァヴェルドラゴンを操るようなものだったと……」

「……操る？」

動物を操る魔法はたしかにある。けれども、動物の知性では単純なことしかさせられず、せいぜい鳥を目的地まで飛ばすとか、獰猛《どうもう》な番犬を手懐《てなず》けるとか、その程度のことが限界だった。

「皇国内では、ヴァヴェルドラゴンを操る新魔法が開発されたという噂が流れています」

部下からの報告に、ディートリヒは拳を握る。

（……なるほど。そういうことか）

メルシュタット帝国軍がヴァヴェルドラゴンに襲撃されて撤退することになったのは、あまりにも皇国にとって都合がよすぎる展開だとずっと思っていた。だからこそ、ディートリヒは間諜《スパイ》からの報告に飛びついてしまう。

(皇国軍もヴァヴェルドラゴンの被害《ひがい》に遭っていた。……おそらく、完璧《かんぺき》に操ることはできなかったのだろう。最後は魔法が解けて、暴走状態になって、奴《やつ》らは拘束魔法をかけるのに手間取った……。くそ!)

これが事実ならば、とんでもない新魔法だ。

そして、新魔法が完成してしまえば、皇国はこの大陸を支配できてしまうかもしれない。

「皇帝陛下に謁見《えっけん》する!」

ディートリヒは高らかにそう宣言した。

ジュリエッタたちは、捕虜交換の準備を進めていた。

メルシュタット帝国からの正式な返事には、『停戦についての話し合いもしたい』とも書かれていたので、おそらくあの噂話が無事にメルシュタット帝国にも届いたのだろう。

「ルキノ、準備はできましたか?」

「これ、首が苦しいんだけれど。ゆるめたらやっぱり駄目《だめ》?」

「駄目です」

ルキノが皇王になったとき、皆が敗北寸前だと思っていたので、ルキノの体形に合わせた皇王用の衣装をわざわざ用意しなかった。

皇城内にいるときのルキノは、ずっとシャツのボタンをきちんととめず、上着は肩にかけるだけというだらしない着方をしていたのだ。

ラファエルが皇族専用の仕立て職人を連れ帰ってくれたので、それから急いでルキノに合わせた服を作ってもらったのだけれど、本人は窮屈《きゅうくつ》そうにしている。

（せっかく似合っているのに……）

冬にはルキノも首を覆《おお》うような外套《がいとう》を着ていたはずだ。しかしルキノにとって、それとこれとは別感覚のようだった。しっくりこないと何度も首を触《さわ》っている。

「馬車に乗っている間はゆるめていてもいいですよ。降りたら駄目ですからね」

「わかった」

ジュリエッタは今回も聖女の服を着ることにした。

カーラは「ドレスを着ましょうよ！」と何度も言ってくれたけれど、仕立て職人はルキノ用の服で手一杯《ていっぱい》だったのだ。

それに、ジュリエッタはドレスを着たことがない。歩き方や所作がみっともなくなることは予想できたので、いつもの服の方がいいだろう。

「うわぁ。捕虜の人数がすごいね」

皇王一行は、途中《とちゅう》で捕虜を連れた部隊と合流し、共に国境へ向かう。

ほとんどの捕虜は徒歩で移動しなければならないので、無事に送り届けたいのであれば、無理はさせられない。今回は前回と違い、比較的《ひかくてき》のんびりとした移動になっていた。

ジュリエッタは、捕虜の扱《あつか》い方やこれからどのようにして解放するのかを、ルキノにしっかり説明しておく。

「捕虜の扱い一つでも、色々工夫《くふう》や悩《なや》みごとがあるのかぁ」

「はい。大事な命ですからね。では、帝国との話し合いに向けての勉強をしましょう」

ジュリエッタはにっこり笑い、ルキノの皇王教育に励《はげ》む。

待ち合わせ場所となる国境沿いに着く頃には、ルキノの頭の中に『皇王の挨拶《あいさつ》と受け答えの仕方』がなんとか入ってくれた。

「皇王陛下、聖女さま。到着《とうちゃく》しました」

先に馬から下りたオルランドが馬車の中に声をかけてくる。

ここからルキノには、皇王として常に背筋を伸ばしてもらわなければならない。

「ルキノ、こっちを向いてください」

うんざりした手つきで喉元《のどもと》のボタンをとめていたルキノに声をかけ、ジュリエッタは服装がおかしくなっていないかを確認する。

「大丈夫です。今日も格好《かっこ》いいですよ」

「本当に？」

　ウィンクをしてくれるルキノに、ジュリエッタは笑ってしまった。

「ルキノなら顔だけで生きていけます！　自信を持ってください！」

「んん～、褒《ほ》め言葉なんだろうけれど、ちょっと違う気もするなぁ」

　先にルキノが馬車から降りて、ジュリエッタに手を差し出してくる。

　エスコートに関しては、ルキノは教えられなくても身についていた。日頃《ひごろ》から多くの人へ親切にしていたのだろう。

「……聖女さま」

　オルランドとルキノが最後の確認をしていると、ジュリエッタはラファエルに話しかけられる。

　皇王補佐官という役職を与えられたラファエルは、メルシュタット帝国との実質の交渉役をすることになっていた。

「皇王陛下の教育は無事に終わりましたか？」

「はい。挨拶とティータイムのマナーだけはなんとかなりました」

　ラファエルは「それだけ……？」と不安そうな顔をしている。

　ジュリエッタは思わず笑ってしまった。

（少し前の私なら、ラファエルと同じように不安になっていた気がする）

　ルキノのことがよくわからず、勝手に裏を読み、勝手にその先を想像する。

しかし、『いい人』とわかった今は、落ち着いてルキノに接することができていた。

「ルキノにしなければならない教育は、それだけでいいんですよ。ルキノは皇王としてしなければならないことと、人としてしなければならないことを、元々しっかりできている人なんです」

ルキノは妹のために皇王になるという決断をした。

ヴァヴェルドラゴンに襲われたとき、動揺しているメルシュタット帝国の皇太子ディートリヒに声をかけ、停戦同意書にサインをさせた。

いつだって、今なにが一番大事なのかをわかっていて、それをきちんと実行できる人だ。

「ルキノをよく見ておいてください。皇国を救った皇王になった意味を理解できると思います」

「……わかりました。しっかり見ておきます」

ジュリエッタの助言に従い、ラファエルの厳しい目がルキノに向けられる。

(これでいい。ラファエルは国のために動ける人だから)

ルキノから学ぶこともきっとあるだろう。そして、それを国のために生かしてくれるはずだ。

捕虜交換に関しては、既《すで》に書記官同士での細かい打ち合わせを済ませたあとだったので、オルランドが淡々《たんたん》と予定通りに進めていった。

双方《そうほう》が公文書にサインをしたら、捕虜交換は終わりだ。

いよいよ次は、講和条約の締結に向けての会談である。

イゼルタ皇国の皇王は、異国に足を踏み入れると皇王としての資格を失うので、イゼルタ皇国側の見晴らしのいいところに大きな天幕を張り、そこで会談をすることになった。

皇国側でティーセットの準備をしている間に、まずは挨拶を簡単に済ませておく。

「またお会いできましたね、イゼルタ皇国の皇王陛下」

メルシュタット帝国の代表は、皇太子のディートリヒだ。

前回、悔《くや》しい思いをした分、今回は満足できる成果が得られるまで頷くつもりはないだろう。

「ディートリヒ皇太子も元気そうでなにより」

ルキノの笑い方には癖《くせ》があるのか、いつでも余裕たっぷりに見える。

ジュリエッタは、その調子だと心の中で応援《おうえん》した。

「皇王補佐官、ラファエル・スカーリアです」

「……補佐官ねぇ」

ディートリヒは元皇子のラファエルを見て、にやりと笑う。彼はこちらの皇王問題のことをきっと詳しく調べてきただろう。

「今回、仲介役《ちゅうかいやく》を務めることになった聖女ジュリエッタです。双方の努力のおかげで、捕虜交換は無事に終わりました。お二方ともお疲れさまです。まずはティータイムを楽しんでください」

ジュリエッタはラファエルに椅子《いす》を引いてもらい、誰よりも先に座る。

ディートリヒとルキノが着席すると、双方の侍従《じじゅう》が出てきてそれぞれにお茶を注いだ。

(私は仲介役だけれど……フィオレ聖都市の聖女がイゼルタ皇国寄りなことは、メルシュタット帝国側もわかっているはず)

ジュリエッタは『なにも知らされていない聖女』を演じる予定である。二人に微笑《ほほえ》んだあと、用意されたお茶にミルクを入れ、スプーンを手に取った。

スプーンはカップの中でくるくると回さず、前後へ静かに動かす。ミルクを混ぜ終えたら、スプーンはカップの後ろに置く。カップの持ち手を摘《つま》んだあと、まずはひと口だけ飲んだ。

ジュリエッタは、隣にいるルキノが真似《まね》しやすいよう、ゆっくり手を動かしていく。

ルキノは今のところ、なんとかついてきているようだ。

（次はスコーン）

スコーンは、手で二つに割る。

割ったスコーンを皿に一度置き、右手でナイフを取った。ナイフでクロテッドクリームとジャムを食べる分だけすくい、自分の皿に載《の》せる。スコーンを左手で持ち、ナイフを右手で持ち、ひと口分だけクリームやジャムをつけた。

（わぁ、美味《おい》しい！）

ジュリエッタは、ほろりと口の中でほどけるスコーンを楽しんだ。さて、隣にいるルキノはこの味を楽しめているだろうか。

「……それでは、戦争終結に向けての話し合いをしましょう」

ジュリエッタはスコーンを半分食べ、もう一口だけお茶を飲んだあと、本題を切り出した。

「ヴァヴェルドラゴンの襲撃に遭ったあの日、一か月間の停戦については合意することができました。聖女ジュリエッタは、このまま戦争を終わらせることを提案します」

ルキノは心の中で「そうだぞそうだ！」と言っているのだろうけれど、ジュリエッタに教えられた通り、その気持ちを顔に出さず、テーブルをとんとんと指で叩く。

「停戦期間をもう少しだけ延長したい、とこちらは考えています」

ルキノはジュリエッタの提案に、部分的に同意した。

ディートリヒは、警戒《けいかい》の眼差しをルキノに向ける。

「……延長、でいいのですか？」

「ええ。捕虜交換が終わったあとは、家族とゆっくり過ごせる時間が必要になりますから。それに、ヴァヴェルドラゴンによる襲撃の後始末も残っています」

――準備期間があれば勝てる。

ルキノは遠回しにそう言った。

ディートリヒには、ただの強がりに思えただろう。しかし、ディートリヒは『皇国がヴァヴェルドラゴンを操る新魔法を開発した』という情報を手に入れてしまっている。

――ここで終戦にしておかなければ、今度はヴァヴェルドラゴンを使って帝国内に攻《せ》めこんでくるかもしれない。

――いや、そんな魔法を簡単に開発できるわけがない。これはただの強がりだ。

ディートリヒの心は今、どちらを選ぶべきかで揺《ゆ》れている。

「皇王ルキノ。停戦期間の延長ではなく、戦いを真《しん》に終えるべきでしょう。両国の兵士は疲弊《ひへい》しています。ヴァヴェルドラゴンの襲撃によって傷ついた者も多いのですよ」

ジュリエッタがルキノを諫《いさ》めるふりをしたら、ルキノは肩をすくめた。

「その疲れた兵士が回復するまで停戦したいと申しているのです」

「争いは憎《にく》しみを生みます。両国は手を取り合うべきです」

聖女らしい綺麗事《きれいごと》をジュリエッタは口にする。

ディートリヒはそんなジュリエッタとルキノを見ながら、とある決断をした。

「……わかりました。停戦延長に応じてもいいでしょう」

ディートリヒはルキノをじっと見つめる。

まるで、ルキノの表情の変化を見逃《みのが》さないと言っているかのようだ。

「代わりに、拘束魔法をかけられたあのヴァヴェルドラゴンを、こちらに引《ひ》き渡《わた》してくれませんか？」


ルキノは、表情を変えないようにしながら、心の中で五つ数えた。

これはジュリエッタからそうしろと言われたので、その通りにしただけだ。けれども、ディートリヒからは『返事をどうするか迷っている』ように見える。

そして、ディートリヒにとっては、『返事を迷うということは、ヴァヴェルドラゴンを引き渡したら皇国にとって困ることが発生する』が確定した瞬間《しゅんかん》でもあった。

「あれは皇国が責任をもってカレルノ山脈に埋めるつもりでいます。あの山脈にはなにもない。ドラゴンを封じる場所として最適でしょう」

ルキノが断ると、ディートリヒは逃げ道を塞《ふさ》いでくる。

「こちらにも似たような場所はあります。……いや、実は困っているんですよ。ヴァヴェルドラゴンに襲われたという兵士の証言が山ほどあるのに、それを信じない者が我が国にいるんです。証拠にしたいので、こちらに引き渡してもらえませんか？」

ディートリヒはそれらしい理由を口にした。

ジュリエッタはすぐにわざとらしいほどの笑顔を作る。

「皇王ルキノ、ディートリヒ皇太子たちが困っています。人助けはとても大事なことですよ。ヴァヴェルドラゴンをメルシュタット帝国に引き渡しましょう」

ディートリヒは心の中でにやりと笑っているはずだ。なにも知らない聖女が、自分の味方をしてくれたと思っているだろう。

「いや、しかしあれは……」

ルキノが渋《しぶ》れば、ジュリエッタは笑顔でディートリヒの援護《えんご》をする。

「貴方からヴァヴェルドラゴンについて相談された私は、被害に遭った民を癒《い》やし、ヴァヴェルドラゴンに拘束魔法をかける手伝いをしました。どうかこの聖女ジュリエッタの頼みを聞いてください」

ルキノはちらりとラファエルを見る。これもジュリエッタの教えた通りの動きだ。

ラファエルも事前の打ち合わせ通りに、さっとルキノに近づいてなにかを耳元で囁いた。

「ディートリヒ皇太子、ヴァヴェルドラゴンを引き渡せば停戦期間の延長に合意するというのであれば、こちらも条件を変えたいと思います」

「どの条件を変更《へんこう》するおつもりですか？」

ディートリヒは、ルキノがどの条件を変更しようとしているのか、もう予想できていたのだろう。そして、交渉に勝利したことを喜んだ。

「……停戦期間の延長ではなく、戦争を真に終わらせましょう」

ここから先は、ルキノに代わってラファエルが細かい条件を口にしていく。

皇国がヴァヴェルドラゴンに破壊された砦や要塞の修理の費用の一部負担をメルシュタット帝国側に要求したら、メルシュタット帝国側の書記官が出てきて、一部負担ではなく修理のための石材の提供にしたいと言い出した。

ラファエルとメルシュタット帝国の書記官による交渉は、ジュリエッタがお茶を三杯《ばい》もおかわりするほど長引いた。四杯目に入ろうかというところで、ようやく終わりの気配が見える。

「——……それでは、この条件で講和条約締結ということでよろしいですか？」

ラファエルの確認に、ディートリヒは書記官と言葉を交《か》わしたあと、ようやく満足そうに頷いた。

「素晴《すば》らしい話し合いができました。停戦期間が明けると同時に、講和条約を誠実に履行《りこう》することを約束します」

ディートリヒはそう言いながら立ち上がる。

「こちらこそ、ディートリヒ皇太子と話ができてよかったです。講和記念の式典を行う際には、メルシュタット帝国に招待状を送りますので、ぜひ出席してください」

ルキノは穏やかに笑いながら、ジュリエッタに教えられた通りの台詞を口にし、ディートリヒと握手《あくしゅ》をする。

ジュリエッタはルキノと共に笑顔でディートリヒを見送った。

彼らの姿が消えたあと、ジュリエッタは信じられない気持ちでいっぱいになる。

(これで本当に戦争が終わる……！)

今夜中に講和条約の文書を作成し、明日になればそれにサインをする。

平和という未来へ、また一歩進むことができたのだ。

皇国側の野営地に戻ってきたルキノは、皇王用の天幕に入るなり襟元《えりもと》をゆるめる。

そして、くるりと振り返った。

「〝相棒《ジュリエッタ》〟」

ルキノが片手を上げれば、ジュリエッタはそうだったと目を輝《かがや》かせる。

「やりましたね！　〝相棒《ルキノ》〟！」

「ついに終戦だ！」

ルキノの手のひらとジュリエッタの手のひらが勢いよく合わさり、ぱんっという気持ちのいい音が鳴る。

そして、喜びを分け合うために抱《だ》き合《あ》った。

「やった！　終戦だ！　戦争が終わる！」

平民のルキノは、戦争なんてものはどういう理由であってもしたくない。名誉《めいよ》とか損得とか、そういう話は勘弁《かんべん》してほしかった。自分たちが勝ち取った平和という未来を、ただ素直に喜ぶ。

「敗戦処理をどうするかって話をしていたときが嘘《うそ》みたいだ！」

「はい！」

ルキノは死ぬ覚悟《かくご》をし、ジュリエッタの力を求めにきた。

ジュリエッタは、これも神の導きだろうと思い、ルキノに力を貸すことにした。

そんな出会いだったのに――……こうして手を取り合い、ついにはメルシュタット帝国との戦争を終わらせることができたのだ。

「ルキノ！　これは貴方がしたことですよ！　貴方が皇国を救ったんです！」

妹に敗戦処理をさせたくないとルキノが思った。

この奇跡《きせき》は、妹想《おも》いの兄から始まったのだ。

「俺からすると、ジュリエッタのおかげなんだけれどね。俺の相棒は最高だ。皇国にきてくれて本当にありがとう」

ルキノから感謝の気持ちを告げられたジュリエッタは、心から笑う。

「……いやぁ、それにしても疲れた」

ルキノはようやく力を抜き、だらしなく椅子に腰《こし》を下ろす。

メルシュタット帝国の人たちは、皇王ルキノの『どこにでもいそうな軽い男』の姿を見たらきっと驚くだろう。それぐらい、今日はしっかりやってくれた。

「お疲れさまでした。あとはラファエルに任せましょう」

ラファエルがいなかったら、交渉にもっと時間がかかっていたはずだ。

彼はやはりこれからの皇国に必要な人である。

「折角《せっかく》のお菓子も味がまったくしなくてさ。もったいないことをした」

「美味しいお菓子を食べる機会は、これからいくらでもありますよ。講和記念の式典のときには、ティータイムだけではなく、昼食会や晩餐会、それに舞踏会《ぶとうかい》もありますからね。これから覚えてもらうことは山ほどあります」

「無理無理、絶対に無理。講和記念の式典っていつやるつもり？」

「皇王問題が解決したら、新皇王をお披露目《ひろめ》する戴冠式と共に行うべきでしょう」

皇城に戻る頃には、ルキノの妹も見つかっているだろうし、皇王問題についての話し合いも始まるはずだ。どのような形になるにしても、皆が納得《なっとく》できるような選択をしたい。

「ルキノ。これからどういう道を選んでも、貴方は皇国を救った皇王です。そのことを誇《ほこ》りに思ってくださいね」

「大丈夫。死ぬまでその話をし続ける男になりそう……あ〜、いや、死ぬまでジュリエッタの自慢話をし続ける男になると思うよ。俺の相棒《ジュリエッタ》は奇跡をいくつも起こしたんだぞってね」

ルキノの言葉に、ジュリエッタは笑ってしまう。ルキノなら本当にしそうだなと思ってしまった。

「恥ずかしいので聖女《わたし》の自慢話はしないでくださいね……！」

もしもそんなことをされてしまったら、ルキノの武勇伝は自分が語ろう。

貴方は自分が思っているよりもすごいことを成し遂《と》げたんですよ……とジュリエッタは胸を熱くした。


ラファエルは書記官に書かせた講和条約の草案を確認し、それに細かい修正を入れたあと、ようやくよしと頷くことができた。

――さすがに疲れたな。

ラファエルは天幕から出て夜風に当たる。すると、どこからか賑《にぎ》やかな笑い声が聞こえてきた。この声は……。

「皇王陛下か」

ルキノと兵士たちが話している。そして、笑顔で互いの肩を叩き合っていた。兵士たちにとっては皇王らしくない立ち居振る舞《ま》いなのだけれど、兵士たちにとっては気さくな皇王に思えるのだろう。

（……臣下の話をしっかりと聞き、応じる。これは大きな加点要素だ）

ラファエルは、ルキノが皇王にふさわしいかどうかを見極《みきわ》めるために、ずっとルキノを観察していた。

皆から話も聞いてみた。

――新しい皇王陛下は、どんな方かな？

皇国に残った者たちは、色々な答えを口にする。

「私たちを見捨てなかった素晴らしい方です」

「普通《ふつう》の気のいい兄ちゃんって感じですよねぇ。偉《えら》ぶらないというか」

「お優しい方です。行く当てのない私たちを皇城内で保護してくださいました」

「あいつ、昔っから適当に生きていたんですけれど、きっと皇王も適当に引き受けたんだと思いますよ。でも、いい奴です」

顔だけで生きていける軽そうな男という第一印象は、おそらくそう間違っていなかったのだろう。

この男は、どこかに一人で放り出されても、勝手に女が寄ってきて世話をしてもらえる。けれども、本人は女性を利用する気のない『いい人』だ。

「それは皇王にまったく必要のない才能なんだが……」

彼がいなければ、この国は滅《ほろ》んでいた。メルシュタット帝国によって民が苦難の道を歩むことになっていた。それは事実だ。

自分たちは皇王ルキノに感謝をしなければならない。そして、その功績を讃えなければならないのだ。

「……さてと、今日の分の採点をしておこう。終戦に導いた。これは大きな加点になる。けれども、マナーのぎこちなさは減点しなければならない。聖女さまが毎晩のように指導してくださっているというのに……いや、これは前にも減点していたな」

ルキノの細かい言動を減点していくときりがないので、一度減点したところは二度と減点しないという自分なりのルールをラファエルは作っている。

「ああ、下町から噂を流し、作戦に協力していたところを加点しておかないと」

減点しなければならない部分はたしかに多い。けれども、加点すべき部分もたしかにあった。

（そろそろ結論を出さなければならないな）

ふうと息を吐くと、遠くに光が見える。ランプの灯りだろうか。ちかちかと瞬《またた》いていた。

「いや、あれは……」

光を使った皇国の暗号だ。なぜメルシュタット帝国側の領土からそんな暗号が送られてくるのだろうか。


――話がある。一人でこい。皇太子ディートリヒより。


ラファエルはどうするかを迷ったあと、覚悟を決めた。

静かに歩いていくと、人影《ひとかげ》が見えてくる。

「ディートリヒ皇太子殿下……」

「よう、ラファエル」

メルシュタット帝国の皇太子と、イゼルタ皇国の第二皇子。

これまで何度も顔を合わせてきた相手だ。互いの性格もよくわかっている。

「イゼルタ皇国の皇族ってのは、どいつもこいつも情けないな。敗戦に怯えて大事な皇位継承権を放棄したと聞いたときには、開いた口が塞がらなかったぜ」

「世間話をなさりたいだけであれば、話し相手として正式にお呼び出しください」

ラファエルは付き合っていられないと背を向ける。

すると、ディートリヒはおいおいと苦笑した。

「大事な話があるんだ。……お前、皇国がほしくないか？」

ディートリヒは、悪魔《あくま》の囁きをラファエルに吹《ふ》きこむ。

ラファエルはぴたりと動きを止めた。

「それはどういう意味です？」

「皇国の皇王問題のことは、メルシュタット帝国側も把握している。現状、ラファエル補佐官には皇位継承権がどうやっても与えられないことも」

ディートリヒはいやらしく笑ったあと、ラファエルの心を摑《つか》みにきた。

「私と手を組め。新たな皇国を作り、皇王になるんだ」

ラファエルが皇王になりたいのなら、実はこれが一番楽で早い。

平民出身で皇位継承順位が百二十四位だった皇王に反発する者は多いだろう。ラファエルが立ち上がれば、軍も貴族も民も、多くの者が味方になってくれる。

ディートリヒは、勝利を確信している笑《え》みを浮かべた。

しかし、ラファエルはその顔に嫌悪感《けんおかん》を覚えてしまう。

きっとディートリヒの頭の中では、ありもしない『ヴァヴェルドラゴンを操る新魔法の提供』を交換条件《こうかん》にすることが決定しているのだろう。

「――お断りします」

ラファエルが迷わず断れば、ディートリヒの目が見開かれた。

心の中でラファエルは愉快《ゆかい》だと笑う。

「メルシュタット帝国の属国の王になりたい者がどこにいるんですか？」

それは王ではないのだと、鼻で笑ってやった。

「己《おのれ》が皇王にふさわしいと判断した暁《あかつき》には、正々堂々とイゼルタ皇国を手に入れてみせます。小細工は不要」

ラファエルの宣言に、ディートリヒは舌打ちをする。

「……内乱を起こしてくれるのなら、こちらとしてはありがたいことだ」

ラファエルはディートリヒの皮肉に反応することなく、周囲を警戒しながらこの場を離《はな》れた。

皇国軍の野営地へ無事に戻ってくることができてほっとしていると、だらしない姿であくびをしながら歩いているルキノを見かけてしまう。

（皇王としてあまりにも……減点を……いや、だらしない部分の減点はしていたな）

ラファエルの頭が痛んだ。やはり幼い頃から皇王教育を受けていないと、色々な問題が発生するのだろう。

あちこちの天幕から楽しそうな声が聞こえてくる。皆が講和条約を結べたことを喜んでいる。

「だが……」

「──敗戦目前の皇国に残り、皇国を救い、平和に導いた希望の光であることは、点数がつけられないほどの大きな加点要素だ」

あの男がいるだけで、民は希望を持てる。絶望と戦える。

そのことを決して忘れるつもりはなかった。

第五章

イゼルタ皇国《こうこく》内では、新皇王《こうおう》の評判が一気に高まっていた。

敗戦目前の皇国の後始末を押しつけられた元平民の新皇王は、メルシュタット帝国《ていこく》軍を勇ましく返《かえ》り討《う》ちにして帝国に追い返し、捕虜交換《ほりょこうかん》をして多くの皇国民を取り戻し、講和条約を結んで平和を取り戻してくれたのだ。

——奇跡《きせき》の皇王ルキノ、万歳《ばんざい》！

——奇跡の聖女ジュリエッタ、万歳！

皇都に戻る道中、いつの間にか民《たみ》が集まってきて、ルキノたちは皆の喜びの声をたくさん聞くことができた。

「ルキノ、こういうときは皆《みな》さんに手を振《ふ》ってくださいね」

「あ、そういうことをしてもいいんだ。女の子に騒《さわ》がれたときと同じだね」

なるほどとルキノは言い、にこりと笑って民に手を振る。

その慣れた仕草を見たジュリエッタは、ある意味、ルキノには皇王の才能があるかもしれない……と感心した。

「皇城にラファエル以外の元皇族の方々も戻ってきているかもしれません。対応はラファエルに任せましょう」

「前の皇王が戻ってきていたら部屋はどうする？　俺の部屋を返した方がいい？」

「今の皇王はルキノですから、このままでいいですよ。前皇王夫妻にはしばらく離宮《りきゅう》で暮らしてもらうのもいいかもしれませんね」

その辺りのことも、ラファエルならもう決めているだろう。

皇族との架《か》け橋《はし》になってくれるラファエルがいるおかげで、本当に助かっている。

ルキノたちは皇都の民に大歓迎《だいかんげい》されながら大通りを進み、皇城内に入った。

「うわ、あれってお迎《むか》え？」

「はい。普通《ふつう》はあのぐらいのことをするんです」

軍人たちが正門の両脇《りょうわき》にずらりと並んでいる。

皇王の帰還を祝うファンファーレが鳴る。

本来ならここで宰相《さいしょう》が出てくるのだけれど、宰相がいないので代わりに書記官のエミリオが出てきた。彼は自分でいいのだろうかという不安そうな顔をしている。

「お帰りなさいませ。皇王陛下《へいか》、聖女さま」

「留守中、なにかありましたか？」

「いくつか報告がございます」

「それでは、中で聞きますね」

ジュリエッタはルキノの代わりに受け答えをし、それでいいかとルキノを窺《うかが》う。

エミリオは、ルキノが頷《うなず》くところを見てから歩き出した。

三人で皇王の執務室《しつむしつ》に入ると、早速《さっそく》エミリオが報告を始める。

「妹姫《ひめ》さまですが、まだ見つかっておりません。レヴェニカ国との国境付近で目撃されていたので、レヴェニカ国に避難《ひなん》した可能性が高そうです」

皇族たちが避難した先もレヴェニカ国だ。ルキノの妹がそこを目指したのは当然だろう。

「今、軍人にレヴェニカ国内の避難村を回らせています」

「ん〜、なら、妹に皇位継承権《けいしょうけん》はないのか」

「おそらくそうなると思います」

こうなったら、ルキノの妹が皇王になり、ラファエルと結婚《けっこん》するという方法は使えない。

ラファエルを皇王にしたいのなら、別の手段が必要になるだろう。

「皇位継承権の順位変更《へんこう》のための調査は進んでいますか？」

ルキノが皇王になった時点で、ルキノを基点とした新しい皇位継承権の順位表が必要となる。

ルキノには子どもがいないので、第一位はルキノの妹だ。そして、ルキノの従兄弟《いとこ》や甥《おい》姪《めい》といった親族にも、皇国法に規定された通りの順番で皇位継承権が与えられていく。

これは万が一のときのための大事な作業なのだけれど、エミリオはジュリエッタの質問に「すみません」と謝ってきた。

「やはり皇王陛下の祖父母の代までさかのぼる必要がありそうで、そうなると避難したかどうかの確認《かくにん》がまだ追いつかなくて……」

「大事な調査ですから、ゆっくりやりましょう」

ジュリエッタが微笑《ほほえ》めば、ルキノもそうそうと言ってくれる。

「悪いね、ずっと仕事をさせていてさ。たまには休んでいいから」

ルキノのいいところは、人を当たり前に気遣《きづか》えるところだろう。

エミリオは、ありがとうございますと明るく言ってから下がった。

「ルキノ。今日のお仕事はこれぐらいにしましょう。私たちが休まないと、みんなも休めませんからね」

「わ～、助かる。ようやくだらだらできる」

ルキノは早速襟元《えりもと》に指を入れて服をゆるめる。そして、椅子《いす》にだらしなくもたれた。

「ゆっくり休んでください。それではまた夕食のときに」

ジュリエッタは皇王の執務室を出たあと、皇妃の部屋に向かう。

皇妃は必ず侍女《じじょ》を連れ歩き、自分で扉を開けることはないけれど、ジュリエッタは今のところ『フィオレ聖《せい》都市からやってきた聖女』だ。皇城内を一人で自由に歩き、扉も自分で開け閉めしても問題はない。

「聖女さま」

ジュリエッタが皇妃の部屋の扉を開けようとしたとき、ラファエルに呼び止められた。

先ほどまで長旅をしていたとは思えないほど、ラファエルの服も顔もぴしっとしていて隙《すき》がない。

「書記官からの報告を踏まえ、これからすべきことをまとめました。ご確認ください」

「ありがとうございます。ラファエル補佐官も今日は休んでくださいね。長旅に付き添《つ　そ》ってくれた方々のためにも」

ジュリエッタがお願いしますと微笑めば、ラファエルは瞬《まばた》きを二度したあと、うやうやしく頭を下げてきた。

「お心遣《こころづか》い、感謝致《いた》します。今夜は身体《からだ》を休めることに専念します」

「交渉《こうしょう》ではラファエル補佐官に頼《たよ》りっぱなしでした。とても疲《つか》れているでしょう。ときにはこういう時間も必要です」

「はい」

ラファエルはいつもジュリエッタに礼儀正《れいぎただ》しく接してくれる。もちろん、ルキノにもだ。しかし、心の中ではどうだろうか。

皇王教育を受けていないルキノと、皇妃教育を受けていないジュリエッタ。思うところはきっとあるだろう。

「──ラファエル、ルキノは皇王としてどうでしたか？」

ジュリエッタの問いかけに、ラファエルはふっと表情をゆるめた。

「初めての外交であそこまでできたのなら、文句のつけようがありません」

ルキノはきちんと評価されている。

ジュリエッタはそのことにほっとした。

「ただ、護衛騎士《きし》たちから少々不満の声が聞こえてきています。皇王陛下の一人でふらりと出歩く癖《くせ》をどうにかしてほしいとのことです」

「それについては、私からもルキノに言い聞かせておきますね」

ルキノにつけられている護衛騎士は、元はラファエルの護衛騎士だった者たちだ。完璧《かんぺき》な皇子だったラファエルと違《ちが》って皇王らしくできないルキノに、彼らは厳しい目を向けている。

（護衛騎士としての仕事はしっかりしてくれているから、今はなにも言わないでおきましょう）

第二皇子であるラファエルは、皇太子《こうたいし》である兄がいる限り、どれだけ優秀《ゆうしゅう》でも皇王になれなかった。

ラファエルの護衛騎士たちは、もどかしい思いをずっと抱《いだ》いていただろう。

（でも、ここにきてラファエルを皇王にできる好機《チャンス》が訪《おとず》れた）

その障害となるルキノに不満を持つのは当然だ。彼らの気持ちは理解できる……と同情してしまったジュリエッタの表情の変化に気づいたのか、ラファエルは胸に手を当てた。

「ご安心ください、聖女さま。ほしいものがあるのなら、私は正々堂々と小細工なしで手に入れてみせます」

卑怯《ひきょう》な手段は使わないと宣言したラファエルは、疲れを少しも見せることなくこの場から去っていく。

ジュリエッタは頼《たの》もしい背中に感謝しながらラファエルを見送り、久しぶりに皇妃の部屋へ入った。

カーラが入れてくれたお茶を楽しんだあと、寝室《しんしつ》からバルコニーに出る。そこからぼんやり皇都を眺《なが》めていると、街を歩く人が増えていることに気づいた。

よかったと思っていると、隣《となり》の部屋のバルコニーの扉《とびら》が開く。

「ルキノ……！」

飾《かざ》りがついている皇王の衣装《いしょう》を脱《ぬ》いで、下町を歩いていても違和感《いわかん》のない姿になっているルキノが、やぁと軽く手を上げてきた。

「ちょうどよかった。あとで声をかけに行こうと思っていたんだ」

「なにかありましたか？」

「うん。今晩、俺とデートしよう」

ルキノが魅力的《みりょくてき》なウィンクをくれる。

ジュリエッタは〝デート〟という単語の意味を知ってはいたけれど、あまりにも馴染《なじ》みがなくて、あのデートでいいのだろうかと首を傾《かし》げてしまった。


夜、ルキノはジュリエッタを迎えにきて、堂々と使用人用の出入り口を通り、皇城から抜け出した。

これは間違《まちが》いなく常習犯だろう。せめて護衛をつけてほしいとあとでしっかり言い聞かせなければならない。

（私がいるときは、私がルキノを守れるからいいけれど……）

フードつきの外套《がいとう》を着ているジュリエッタは、一応周りを警戒《けいかい》しておく。

「まずはここ。俺の家」

下町の中でも、古い家が立ち並ぶ場所。その中の小さな一軒家《いっけんや》にルキノは入っていく。

「ただいま」

「お、おじゃまします……」

ジュリエッタがきょろきょろしながら入ると、ルキノはなぜか謝ってきた。

「ぼろい家でごめんね」

「そんなことありませんよ。施設の方がかなり古くて危ない建物でした」

「そうだった。ジュリエッタはこういう家にも慣れているんだっけ」

ルキノは持ってきたランプをつけ、家の中を明るくする。

「一応、時々窓を開けて、拭《ふ》き掃除《そうじ》だけはしているんだ。家って使わないとあっという間にぼろくなるらしくて、妹にできればそうしてくれって頼まれたからさ」

「わかります。不思議ですよね」

ジュリエッタは、棚《たな》に飾られているものを見ていった。

おそらく、持ち出せるものは持ち出したあとなのだろう。日焼けしていない部分があちこちにある。

残っているのは、なにも入っていない花瓶《かびん》と、貝殻《かいがら》でできた首飾《くびかざ》りと、なにかの石だ。

「ちょっとこっちにきて」

ルキノがぎしぎしと軋《きし》む音を立てながら階段を上がっていった。

ジュリエッタはゆっくりそのあとをついていく。

「ここが妹の部屋」

「……勝手に入ってはいけませんよ」

「大事なものは持っていったから平気。……ああ、あった。これこれ」

部屋の中を探《さぐ》っていたルキノは、手になにかを持つ。

「この服に着替《きが》えて。今の服だと、聖女ってすぐわかるから」

ルキノは机にランプを置いて、ジュリエッタに服を渡《わた》すと、部屋から出ていった。

ジュリエッタは渡された服をじっと見てみる。

「あの……ルキノ、妹さんに許可をもらわなくてもいいのですか？」

「大丈夫《だいじょうぶ》、大丈夫。お気に入りの服は持っていっただろうから。それに、袖《そで》が短くなってレースをつけるか捨てるかで悩《なや》んでいたものだったし」

「……あとで私から妹さんに謝って、お礼もしますね」

ジュリエッタは、真っ白な聖女の制服を脱いで、薄桃色のワンピースを着てみる。

腰《こし》のリボンをきゅっと結んで、妙《みょう》なところはないかを手で触《さわ》って確認してみた。

大丈夫そうだと判断してから、ランプを持って廊下《ろうか》に出る。

「おかしく……ないですか？」

「大丈夫。似合っている……って言っても大丈夫？」

ルキノは、平民の服が似合うと言われたら聖女のジュリエッタはどう思うのだろうかと心配になった。

しかし、ジュリエッタは頬《ほお》を赤くしながら「実は……」と口を開く。

「色のついた服を着るのは初めてで……嬉《うれ》しいです」

「え!?　聖職者になる前も白ばかりを着ていたってこと？」

「施設はお金がないので……、色のついた布は染料《せんりょう》の分だけ高くなりますし」

可愛《かわい》らしい色の服を着るのは、これが初めてだ。

ジュリエッタが普通の女の子らしいことを体験できて感動していたら、ルキノがジュリエッタの手にあったランプをそっと受け取る。

「ジュリエッタ、一回転してみて」

「一回転ですか？　……こう？」

ジュリエッタが廊下でくるりと回ると、薄桃色のスカートがふわりと浮《う》く。

ルキノはそれを見て拍手《はくしゅ》した。

「うん、可愛い。すっごく」

「ありがとうございます」

ジュリエッタはどきどきした。そして、ルキノに笑顔《えがお》を向ける。

「ルキノはいつも素敵《すてき》なものをプレゼントしてくれますね」

ジュリエッタの褒《ほ》め言葉に、ルキノは目を見開く。

「プレゼントをしたことなんてあったっけ？」

「お花をくれたでしょう？　初めてだったから嬉しくて、どうにかして残しておきたくて、カーラに押し花にしてもらったんです」

書類仕事しかできない聖女であったジュリエッタは、側付《そばづ》きの修道女がいなかった。自分の部屋の掃除は自分でしていたし、必要なものは申請《しんせい》して買っていたので、自分で花を摘《つ》みに行くという余裕《よゆう》も、買って飾る余裕もなかったのだ。

「ただの変装のつもりだったけれど、きちんとした服をプレゼントすればよかったな」

「これで充分です！　悪いことをする人の気持ちが少しわかりました！」

皇王と聖女が夜に皇城を抜《ぬ》け出《だ》すなんてことは、絶対にあってはならない。

しかし、こういう経験ができるのなら、一度ぐらいならいいかなと思ってしまう。

「ならもう少し悪いことをしよっか。……酒場、行ったことないよね？」

「……はい！」

ジュリエッタは賢者《けんじゃ》の杖《つえ》を片手に持ち、もう片手はルキノと繋《つな》いで夜の道を歩いた。

段々と街が明るくなっていって、声が聞こえてきて、人とすれ違うようになり……。

「みんな、久しぶり」

ルキノが大通りに面した店の扉を開けて中に入る。その時点でお酒の匂《にお》いがふわりと漂《ただよ》ってきた。

（これが酒場……！）

ジュリエッタがきょろきょろしている間に、ルキノは奥の席に向かって手を振り、ジュリエッタの手を引く。

「よぉ、ルキノ。お疲れさん」

「相変わらず不良の王さまだな。いいのか～？」

「いいんだよ。エッタ、この二人は俺の下町友達」

「初めまして」

知識の聖女ジュリエッタです、とつい続けようとしたジュリエッタは、慌《あわ》てて口を閉じた。ルキノはきっと、聖女の名が傷つかないようにしてくれたはずだ。

「こんばんは、俺はマルコ。うわ、可愛い子を連れてきたなぁ」

「俺はテオ、よろしくな。どこの子？」

「内緒《ないしょ》～」

ルキノが椅子を引いてくれたので、ジュリエッタは礼を言って座る。

すぐにルキノは店員を捕《つか》まえ、「ヴィーノ二つとチーズとハム」と言った。

「妹の友達？」

「違う違う。……今カノ」

ルキノがジュリエッタの肩《かた》を抱《だ》いてくる。

ジュリエッタは「今カノ」発言に、たしかにその通りだと頷いた。

「うわぁ～！　趣味《しゅみ》変わったな、お前！　前はもっと……こう、わかりやすい女が好きだったろ⁉」

マルコはジュリエッタをちらりと見たあと、なにかの単語を言うのをためらう。

「付き合ってた女、ほぼ年上だったんじゃないのか？」

テオは運ばれてきたハムをフォークで一枚ぱっと取っていった。

「『恋人《こいびと》になって』って言ってきた女の子が、年上だっただけだって。女の子はみんな可愛いと思っているよ」

ルキノはあっさりそう言った。

途端《とたん》、マルコとテオがわあわあ騒ぐ。

「お前はそういう奴《やつ》だよな～！」

「お嬢《じょう》さん、こいつは誰《だれ》にでも優《やさ》しい男だから気をつけろよ！」

ジュリエッタは運ばれてきたグラスを受け取りながら、ちらりとルキノを見た。

「人に優しくできるのは、とても素晴《すば》らしいことだと思います」

「だよねぇ」

うんうんとルキノは頷く。

しかし、マルコとテオは「そういうことじゃないんだよな～！」と笑った。

「おっ、ルキノ！　久しぶりだなぁ！」

「おやっさん！」

他のテーブルから声がかかり、ルキノが身体をひねる。

その間に、マルコがジュリエッタに小声で質問をしてきた。

「どっちから？」

「ええっと、どちらとは、なにを？」

「恋人になってほしいと言ったのはどっちなのかってことさ」

テオはルキノとジュリエッタを交互《こうご》に見てくる。

ジュリエッタは少し考え……。

「ルキノからです」

ジュリエッタの力がほしくて『聖女を皇妃にする』という誓約《せいやく》を求めてきたのは、ルキノの方からだ。

そう思って答えたら、マルコとテオが驚《おどろ》いていた。

「あいつが自分から女をほしがるなんて初めてだ！　絶対にエッタちゃんはルキノの本命、間違いない！　死ぬほど振り回してやってくれ！」

「ルキノもついに恋《こい》を知ったか！　いやぁ、感慨深《かんがいぶか》いなぁ……！」

かんぱーい、と二人はグラスを掲《かか》げる。

ジュリエッタもよくわからないなりにグラスを掲げた。

「ルキノは恋をしたことがなかったんですか？」

ちなみにジュリエッタは、同年代の男性と接する機会がほぼなかったので、恋に憧《あこが》れはありつつも、恋をしたことはなかった。

ルキノならいくらでも機会があっただろうに……と驚いてしまう。

「あいつさ、顔がよくて誰にでも優しいし、あと妙に距離感《きょりかん》が近いよな」

「はい……！」

テオに同意を求められたジュリエッタは、力強く頷く。

初めてルキノと会ったとき、なぜか元カレ顔をされた。

あの距離でぐいぐい迫られると、もしかしたら知り合いだったのかな……という気持ちに誰だってさせられるだろう。

「だからルキノは女の子を勘違《かんちが》いさせるわけ。私のことが好きなのかも～ってね。で、本人もくる者は拒《こば》まずだから、恋人になってと言われたらなっちゃうわけ。この繰《く》り返《かえ》し」

マルコの解説に、ジュリエッタはおおっと目を見開いた。

「すごいですね……！」

今までに何人の女性と付き合ってきたのだろうか。

両手の指に収まるのかな、どうなのかな、とジュリエッタはどきどきしてしまう。

「……ということは、ルキノは女の人にすぐ飽《あ》きてしまうのですか？」

繰り返しということは、一度別れているということである。まさか二股《ふたまた》はしていないと思いたい。

すると、テオはチーズにフォークを刺《さ》し、にやりと笑った。

「女はいずれ気づくんだよ。『この人、私を本気で愛しているわけじゃない』ってね。それで、こう」

テオが片手で頬を叩《たた》く仕草をする。

マルコはそれを見て、けらけらと笑った。

「あいつ、顔だけが取《と》り柄《え》なのになぁ。エッタちゃん、あいつのどこが好き?」

「ええっと……」

実は皇王と聖女の誓約で……という話をするわけにはいかない。

ジュリエッタはルキノのいいところを探す。

「妹さん想いで、とても優しいところです」

「おっ、顔は?」

マルコに尋《たず》ねられ、ジュリエッタはちらりとルキノを見た。

「格好いい……です」

違う出会い方をしていたら、たしかにルキノの顔ばかりを見ていたかもしれない。しかし、出会いが出会いだったので、すぐに印象が『苦手かもしれない』になってしまったのだ。

それからあっという間に相棒という関係になったので、顔だけで生きていけそうと思うことはあっても、それ以上のことを思ったことがなかった。

（もっとルキノの顔を褒めた方がよかったのかしら。でも、生まれ持ったものを褒められても嬉しくない人もいるでしょうし……）

ジュリエッタが真剣《しんけん》にルキノについて考えていると、知り合いと話し終えたルキノがジュリエッタの前にチーズの皿を置いてくれる。

「この二人に妙なことを聞かされていない？」

ルキノが「怖《こわ》いなぁ」と言えば、テオとマルコは笑った。

「お前の過去の悪行を吹《ふ》き込んだださ、もちろん」

「顔だけで生きていける男はいいよな！」

テオの言葉を聞いたジュリエッタは、ルキノの第一印象はそう間違っていなかったのかもしれない、と心の中でちょっと悪いことを思ってしまう。

「エッタちゃん、こいつは適当に生きている男で、おまけに適当すぎて皇王になったけれど、いい奴だからさ。見捨てないでやってくれよ。こいつ、エッタちゃんに本気だから、きちんと愛妻家になると思う」

マルコの言葉に、ジュリエッタは慌てて頷いた。

「はい！」

ルキノは、誓約によって結婚することになっただけのジュリエッタを、いつだってきちんと大事にしてくれる。もしも愛する人ができたら、とても大事にするだろう。

（愛妻家のルキノ……うん、わかるわ）

　ジュリエッタが相棒の未来を想像して微笑んでいると、今度はテオがルキノを指差した。

「皇族が戻ってきたらしいし、そのうちこいつも元の生き方に戻るはずだ。しばらくは騒がしいと思うけれど、ルキノをよろしくな」

「大丈夫です。将来の話も色々していますから！」

　ジュリエッタは「安心してください！」と拳《こぶし》を握《にぎ》る。

　マルコとテオは、にやにや笑いながらルキノを見た。

「……エッタとは、そのうち救護院でも開こうかって話をしてる」

　ルキノが肩をすくめながら説明したら、マルコが首を傾げた。

「救護院？　お前、魔導師《まどうし》の知り合いがいたっけ？」

「あ！　私は癒《い》やしの魔法《まほう》が使えるんです。救護院を開いて、そのお手伝いをルキノにしてもらおうと思っています」

　ジュリエッタの言葉に、テオが目を見開く。

「お前さ〜！　絶対女に食わせてもらう男になると思っていたけれど、マジかよ！」

「しっかり働けよ！　馬車馬のようにな！」

「はいはい」

とても賑《にぎ》やかな輪の中で、ジュリエッタはわくわくしていた。

フィオレ聖都市では、いつだって一人ぼっちだった。

けれども、ルキノに連れ出されてから色々変わった。

皇城ではカーラが話しかけてくれるし、エミリオやオルランドとは皇国の今後の話をたくさんするようになった。彼女たちのおかげで、人と会話をする楽しさを知ることができた。

ルキノはジュリエッタに、一緒《いっしょ》に笑うこと、一緒に悲しむことを教えてくれた。手を取り合ってなにかを成功させる喜びを教えてくれた。

そして、普通の女の子として街を歩くことや、同年代の人たちとお喋《しゃべ》りをするという体験もさせてくれた。

(ルキノに会えてよかった……！)

これからルキノに、たくさんのお返しをしたい。

自分には紹介《しょうかい》できる家族も友達もいないけれど、ちょっと情けない気持ちになるけれど、でもルキノは絶対に気にしていない。これからいくらでも作ればよくない？　と軽く言って終わりにする。その距離感がとても心地《ここち》いい。

「それでさ……」

愉快《ゆかい》な会話は尽《つ》きない。

しかし、突然《とつぜん》勢いよく扉が開いて、酒場の中が一気に静まり返った。

「ルキノ・カルヴィはどこだ⁉」

酒場の扉を開けたのは、ルキノの護衛騎士たちだ。

彼らは抜き身の剣《けん》を手にしていた。そして、高圧的な雰囲気《ふんいき》を隠《かく》そうともしていない。

ジュリエッタだけではなく、誰もが揉《も》め事《ごと》の気配を察し、皿を持って椅子から立ち上がる。

「俺はここだよ。今日の仕事はもう終わりって言ったはずだけれど？」

ルキノが軽く片手を上げると、騎士たちは剣の切っ先をルキノに突《つ》きつけた。

「貴様のそういうところが皇王にふさわしくないんだ……！」

一番前に立っていたビアージョという名の騎士が、剣を持つ手に力を込《こ》める。

「正統なる血を引く皇族から皇位を奪《うば》った大罪は、貴様の命で償《つぐな》ってもらう！」

酒場がざわめいた。皆がルキノを心配そうに見つめる。

「待ちなさい！」

ジュリエッタは、賢者の杖を握りしめながらルキノの前に出た。

「これはラファエル補佐官の命令ですか⁉」

「そうだ！　あの方は正々堂々この国を手に入れるとおっしゃった！　ついに皇王になるという決断をしてくださったのだ！　ならば、我らは従うのみ！」

「なんてことを……！」

ジュリエッタが退路を探していると、ルキノがジュリエッタの腰のリボンをこっそりつんと引いた。

きっとこれは、ついてこいという意味だ。

「蒼《あお》き風の祈《いの》り――……」

ジュリエッタは急いで神聖魔法を発動させるための呪文《じゅもん》を小声で唱える。

「風を生むのは空、行き着くは海。

我らは守護の恵《めぐ》みを求む、さらば与《あた》えられん。

偉大《いだい》なる神よ、我らに祝福を！」

そして、賢者の杖を酒場の床《ゆか》にとんと叩きつけた。

「盾の奇跡《アイギス・ララ・リーリエラ》！」

酒場の入り口に、神聖魔法で障壁《しょうへき》を作っておく。これでしばらく中に入れなくなるはずだ。

「ルキノ！　こっちだ！　いつものところで！」

「頼んだ！」

「念のために持ってけ！」

「あとで返す！」

マルコがルキノを裏口へと案内する。そしてテオはルキノになにかを持たせた。

後ろから「なにか壁《かべ》があるぞ！」「裏へ回れ！」という声が聞こえてくる。

ジュリエッタが不安になっていると、ルキノは裏路地に出て右に曲がり、積まれた木箱を登っていった。

「ジュリエッタ！」

「大丈夫です！」

ジュリエッタは風の神聖魔法を使い、自分の足を軽くする。ルキノの手を借りながら木箱を登り、塀《へい》の上に立った。

「俺が先に降りる。そうしたら俺に向かって飛び降りて。絶対に受け止めるから。怖かったら目を閉じて」

「わかりました！」

ジュリエッタの返事と同時に、ルキノは躊躇《ためら》うことなく塀から飛び降りる。そして、こいと手を広げてくれた。

ジュリエッタは賢者の杖を先に地面へ投げておき、それから覚悟《かくご》を決めて目をつむって飛び降りる。

（怖い……！　けれど、ルキノなら！）

相棒を信じろ、とジュリエッタは歯を食いしばった。

すると、どんと強い衝撃《しょうげき》を味わったあと、足の裏がなにかにつく。

「よし！」

「っ、ありがとうございます！」

目を開ければ、ルキノに抱きついている状態になっていた。上手《うま》くルキノがジュリエッタの身体を受け止め、下ろしてくれたのだ。

ジュリエッタは地面に落ちている賢者の杖を慌てて拾う。

「あっちに走って次は左！」

「はい！」

真っ暗な路地を駆《か》け抜け、ルキノの指示に従って右へ左へと曲がる。

そして——……ルキノはとある建物の窓に手をかけ、がたがたと揺《ゆ》らした。すると、窓が途中《とちゅう》まで開く。

「ジュリエッタならこの隙間《すきま》から入れそうだけれど、いける？」

「いけます」

「中に入って、右に曲がったら裏口がある。中からなら鍵《かぎ》が開けられるから」

「わかりました」

ジュリエッタは、ルキノの手を借りて窓から中に入り……驚いた。

「教会……！」

暗くてよくわからないけれど、おそらくここはフィオレ教の教会だろう。

教会は避難場所としても使われる。一時的に身を隠すための場所として最適だ。

（ルキノはどうして窓が途中まで開くことを知っていたのかしら）

おまけに、内側からなら裏口の扉の鍵が開けられることも知っていた。

もしかして小さい頃《ころ》は……と考えながら、錠《じょう》を外して扉をそっと開ける。

「大丈夫？」

「はい。ルキノは怪我《けが》をしていませんか？」

「俺も大丈夫」

ルキノは中に入って扉の錠をかけ、真っ暗な教会の中を歩いていく。

「天井《てんじょう》にも窓があるから、ベンチの辺りは月明かりが少し入ってくるんだ」

迷いのないルキノの動きを見たジュリエッタは、ため息をつきたくなってしまった。

「……小さい頃、夜の教会にこっそり入って遊んでいましたね？」

「おおっと、それは秘密ってことで」

「もう……、駄目《だめ》ですよ」

ジュリエッタは注意だけで済ませる。ルキノの悪戯《いたずら》のおかげで今の自分たちが助かっているのは事実だ。

「さて、と。これからどうする？」

二人で教会のベンチに座った。外は静かだ。しばらくは見つからないだろう。作戦会議をする時間はある。

「グリッジ将軍がこの事態に気づいたら、止めに入ってくれると思います。時間稼《じかんかせ》ぎをするだけでも充分でしょう」

「そのあとってどうなる？」

「ラファエル補佐官がここまでの強硬《きょうこう》手段を選んだのであれば、なかったことにはできません。皇王に剣を向けたのであれば、やはりその責任を取るべきです」

幸いなことに、ルキノには傷ひとつない。ルキノが寛大《かんだい》な処分を求めるのであれば、国外追放や生涯幽閉《しょうがいゆうへい》で終わらせることもできるだろう。

「でもさ、ラファエルがいなくなると、俺たちは困るよね？」

「はい。他の皇族の方々との橋渡《はしわた》しをしてくれていた人ですし、皇国内のことに詳《くわ》しく、これからなにをすべきかをよくわかっていますから」

ラファエルは皇国に必要な人だ。

だからこそ、ジュリエッタは話し合いでよりよい道を選びたかった。

(ラファエルは私に、正々堂々と小細工なしでほしいものを手に入れてみせると言っていたのに……)

ルキノの命を奪って、皇王の座を革命という形で手にする。

これがラファエルにとっての正々堂々なのだろうか。

彼にとっては、大義名分のある決断なのかもしれないけれど……。

「……ルキノだから、敗戦間近でも皇国を見捨てなかったのに。戦況《せんきょう》をひっくり返せたのに。ルキノだから、戦争を終わらせることができたのに……！」

ジュリエッタは悲しくなった。悔《くや》しくなった。

どうにかしてラファエルを皇王にする方法はないかと、ルキノと共にずっと探していたのに、なぜこんなことになってしまったのだろう。

敗北寸前の皇国から逃《に》げずに皆のために必死になってくれたルキノを、こんな形で裏切るなんて——……あまりにもひどい。

「ジュリエッタ……？」

ほろりとジュリエッタの瞳《ひとみ》から熱いものが落ちてくる。

ジュリエッタは、昂《たかぶ》った感情を抑《おさ》えることがどうしてもできなかった。

賢者の杖を握りしめている手をじっと見ていると、ルキノに肩を抱かれる。

「すみません、こんな……」

一番苦しい思いをしているのはルキノなのに、そのルキノに慰《なぐさ》められている。

ジュリエッタはなんとか涙《なみだ》を止めようとするけれど、上手く止まってくれない。

深呼吸を繰り返しながら目を拭《ぬぐ》っていたら、肩を抱くルキノの指が震《ふる》えていることに気づいた。

もしかしてルキノが泣いているのではないか……とはっとし、顔を上げる。

「ルキノ――……」

ジュリエッタは肩を抱くルキノの手を外し、両手で祈るように握りしめた。

「駄目ですよ」

ジュリエッタの柔《やわ》らかな声が教会に響《ひび》く。

しかし、ルキノはそれに応えない。

「怖い顔をしています。……それは駄目ですよ」

越《こ》えてはならない一線に踏《ふ》み込む覚悟をしたルキノの気持ちが痛いほど伝わってきて、ジュリエッタは首を横に振った。

「でも……！　ジュリエッタが……！」

「私のために怒《おこ》っているんですか？　それなら大丈夫です。もう涙は止まりました。貴方《あなた》は今、自分の想いを優先してください」

「俺は……！」

　ルキノはなにかを言いかけた。

　しかし、歯を食いしばったあと、手で頭をぐしゃぐしゃにし、息を吐《は》く。

　強い衝動《しょうどう》をなんとか抑えこんだのだろう。ぎゅっと目を閉じたあと、ゆっくり開いて、いつもの落ち着いた優しい笑顔を見せてくれた。

「……ありがとう。俺のために泣いてくれた子は、ジュリエッタが初めてだよ」

「女の人をよく泣かせていたと聞きましたよ？」

「あれは俺のための涙じゃないから。女の子に泣かれると大変だな～って、いつもこっそり思っていた」

　ジュリエッタは、ルキノのひどい発言にびっくりしてしまった。誰かに泣かれ慣れている人の感覚は、普通の人とは違うのかもしれない。

「──ジュリエッタの涙は綺麗《きれい》だ。俺の代わりに泣いてくれて嬉しい」

　ルキノは服のあちこちを探ったあと、へらりと笑う。

「ごめん、自分のハンカチを持ってくるの忘れた。これしかなくて……」

「大丈夫です。私は自分のを……って、これ」

ルキノの手の中にあるのは、ジュリエッタのハンカチだ。ワインビネガーまみれになった手を洗ったときに、ジュリエッタがルキノに渡したものである。

あのあとルキノは、ワインビネガーの臭《にお》いがハンカチから取れなかったからと言って、別のハンカチをプレゼントしてくれた。

「お守り代わりに持ち歩いていたんだ」

「それならきちんと祝福の祈りを捧《ささ》げますよ」

「そういうことではないんだけれど……まぁ、いいか」

ジュリエッタは自分のハンカチで頬を拭う。

それからルキノのものになったハンカチに祈りを捧げた。

「神よ。どうか力なき者をお守りください」

淡《あわ》い光がハンカチに集まる。

ジュリエッタの祈りでは大きな祝福にならないけれど、旅の最中にモンスターに襲《おそ》われにくくはなるだろう。

(旅の最中……うん、これからのことを考えないと)

ジュリエッタの視線は、足元ではなくて前に向けられた。

「ルキノ。皇王として皇城に戻りますか？　それともこのまま逃げますか？」

まずは本人の意思をもう一度確かめなければならない。

ジュリエッタの問いかけに、ルキノは頭をかいた。

「皇位に未練はない。ラファエルが皇王をやりたいのなら、それが一番いいと思う」

「わかりました。それでは、一緒にこの国から出ていきましょう」

ジュリエッタは立ち上がり、ルキノの手を取る。

「国外に出てしまえば、貴方は皇位を手放したことになります。そして二度と皇王になれない。ラファエルに狙《ねら》われなくなるはずです」

「……ジュリエッタはそれでいいの？」

ルキノにじっと見つめられ、ジュリエッタは微笑んだ。

「はい。私は貴方の相棒ですからね。皇国はラファエルに任せ、私はルキノと一緒に行きますよ」

さぁ行こう、とジュリエッタはルキノの手を引く。

「皇国を出てからも、私に色々なことを教えてくださいね。ワンピースを着るのも、酒場に行くのも、お友達を紹介されるのも、とても楽しかったです」

ジュリエッタのサファイアブルーの瞳が、ルキノを見てきらきらと輝《かがや》く。

「私には知らないことがたくさんあります。これから貴方と色々なことをしてみたい」

きらめく瞳はもう未来を見ている。

純粋《じゅんすい》な涙によって悲しみや怒《いか》りを流したあとのジュリエッタは、希望に満ちていた。

「……それから、落ち着いたらまた私に花をプレゼントしてくれませんか？」

「花？」

「貴方にもらった花で作ったしおりが、皇城に置いてあるんです。取りにいけないので、また作りたいんです」

ルキノがジュリエッタに渡した花とワンピース。

どちらにも深い意味はなかっただろうけれど、ジュリエッタにはあった。

そして、ジュリエッタのその想いはルキノにしっかり伝わる。

ルキノの胸がぎゅっと痛くなった。ジュリエッタにそこまで喜んでもらえるとわかっていたら、もっときちんとしたものをプレゼントしたのに、と後悔《こうかい》する。

「ジュリエッタ。他の国に行ったら、俺も精一杯《せいいっぱい》働くよ。それで、まずはジュリエッタに大きな花束をプレゼントする。その次は、色のついた可愛いワンピースだ」

ルキノは立ち上がり、ジュリエッタの手を握り返した。

「約束だ」

ルキノの声が震える。どうかジュリエッタにこの想《おも》いが伝わってほしいと祈った。

「……行こう」

二人の目的はたった今、『国外脱出《だっしゅつ》』に変わった。ここから先は、なんらかの方法でオルランドとエミリオに事情を伝え、すぐに移動すべきだろう。

「そういえば、テオさんになにをもらったんですか？」

「金。逃げるときには金がいるしね」

「……！　そうです！　お金！　私、自分のお財布《さいふ》を持ったことがありません……！」

その発想がなかった、とジュリエッタは息を呑《の》む。

「必要なものは一覧にして提出し、承認《しょうにん》をもらって買ってきてもらっていたので……」

「あらら～。聖女って大変だね。自分のお金を持っていないんだ」

「すみません……。手持ちのお金がないので、私の癒やしの力で寄付金を頂きながら旅をしましょう……」

「おっ、そうくるか。ジュリエッタがいると助かるなぁ」

本来、癒やしの力とは皆へ平等に与えられるべきものなのだけれど、生きていくためにはお金がどうしても必要である。

（神よ、寄付金は必要な分だけを頂きますので、どうかお許しください……！）

これからのことが決まれば、あとはそのための準備をするだけだ。

「ルキノ、ちょうど教会にいますから、ここで結婚していきましょう」

「え？」

「貴方は皇王でいる間に私と結婚しないといけません。そういう誓約ですからね」

「そうだった。……司祭さまがいないけれどいいのかな？」

この教会には、ジュリエッタとルキノしかいない。

二人を見守る司祭も、喜びを分かち合う立会人もいないのだ。

「神の前で誓《ちか》えばいいんです。神が私たちを見守り、立ち会ってくれますから」

「……ジュリエッタがいいなら、ここですませよっか」

祭壇《さいだん》の前に移動したジュリエッタとルキノは、向き合うようにして立った。

「私の言葉を復唱してくださいね」

「了解《りょうかい》」

ジュリエッタはルキノを見上げながら息を吸う。

「——私は、健《すこ》やかなるときも、病《や》めるときも、喜びのときも、悲しみのときも、その命ある限り、愛し、敬い、助け合うことを誓います」

神に身を捧げる道を選んでからは、結婚を夢見ることなんて一度もなかった。

絶対に口にすることのない言葉だったのに、男の人に向かって言っている。とても不思議な気持ちだ。

(ルキノと出会ってから、まだひと月も経《た》っていないのに)

形だけの結婚だけれど、ちょっとだけどきどきしてしまった。

「ルキノの番ですよ」

「わかった」

ルキノはジュリエッタの瞳をじっと見ている。

「私は、健やかなるときも、病めるときも、喜びのときも、悲しみのときも、その命ある限り、愛し、敬い、助け合うことを……」

誓います、と最後の言葉をルキノが言おうとしたとき、遮《さえぎ》るかのように裏口の扉を乱暴に叩かれた。

ジュリエッタは賢者の杖をぎゅっと握りしめる。

自分に使えるのは神聖魔法だけだ。なにかを破壊《はかい》するような魔法は使えない。障壁を作って立てこもった方がいいだろう。

「ルキノ！　俺だ！　ラファエル皇子さまが助けにきてくれてさ！　暴れていた騎士たちを全部取り押さえてくれた！」

テオの声だ。ジュリエッタとルキノは顔を見合わせてしまう。

ラファエルがルキノを襲おうとしたのに、ラファエルが助けてくれた。それはどう考えてもおかしい。

「……助けてくれたのは、ラファエルじゃなくてオルランドじゃない？」

ルキノは裏口の扉を開けに行く。

ジュリエッタは一応警戒していたけれど、扉を開けてもそこにいるのはテオとマルコだけだった。

「いやいや、銀髪《ぎんぱつ》の偉《えら》そうな顔のいい男で、ラファエルさまって呼ばれていた。お前に謝りたいってさ。部下の管理不行き届きがどうのこうのって」

マルコがなぁとテオに同意を求めたら、テオがうんうんと頷く。

「ルキノたちを捜《さが》してほしいって言うから呼びにきたんだ。どうする？」

ジュリエッタは、ルキノをちらりと見る。

すると、ルキノもジュリエッタを見ていた。

「……行ってみようか」

「はい」

ジュリエッタは念のためにもう一度周囲を警戒してみる。しかし、やはり誰もいない。

（本当に大丈夫みたい……）

この呼び出しがラファエルの罠《わな》だとしたら、あまりにも雑だ。

テオとマルコをルキノ捜しに利用したいのなら、騎士の誰かがテオとマルコのあとをこっそりつけなければならない。

「皇子さま～！　連れてきましたよ！」

騒ぎがあった酒場に戻ってくると、縛《しば》られている騎士が六人と、ラファエルと、また別の騎士たち、そして興味津々《きょうみしんしん》という顔をしている酒場の客たちがいた。

「ご苦労だったな」

椅子に座っていたラファエルは、すっと立ち上がる。

マルコとテオはラファエルに手を差し出した。

すると、ラファエルは二人に金を渡す。

「おいおい……、俺を金儲《かねもう》けに使うなって」

ルキノが呆《あき》れた声を出すと、マルコはへへっと笑い、テオは俺の金を返せとルキノにも手を出した。

「……皇王陛下、申し訳ありません。かつての護衛騎士たちの教育がなっておらず、皇王陛下に剣を向けるという大罪を防ぐことができませんでした。申し開きのしようもございません」

ラファエルはまずルキノに深々と頭を下げた。

ルキノはどうしたものかなと首の後ろをかく。

「ラファエル補佐官。騎士の方々は、貴方の命令だと言っていましたが……」

ジュリエッタが詳しい説明を求めれば、ラファエルは頭を下げたまま答えた。

「私は以前『停戦交渉が終わるまで動く気はない』とこの者たちに言いました。それから、『そのときがきたら、皇国を正々堂々と手に入れる』とも。誤解を招く発言をしてこのような事態を引き起こしてしまったことを、深くお詫《わ》び申し上げます」

つまり、ラファエルにとっての『そのとき』は今ではなかったけれど、騎士たちは今だと思ったのだろう。

（ラファエルを皇王にしたい騎士たちからすると……、講和条約を締結《ていけつ》して情勢が落ち着き、皇太子が戻ってくる前……たしかに好機《チャンス》は今しかなかったのかも）

主君のために、と騎士たちは剣を手に取ったのだ。きっと、それほどまでに深い絆《きずな》で結ばれている関係だったのだろう。

（ラファエルはまだ様子を見ている最中だった……ということでいいみたい）

この様子だと、いざ『そのとき』がきても、ラファエルはこのような強引《ごういん》な手段を選ぶつもりはなかったのかもしれない。今回は本当に勘違いや思い込みが招いた事態だと思ってもよさそうだ。

ジュリエッタは、ルキノはどうするつもりだろうかと横顔を見てみる。

ルキノは息を吐いたあと、酒場の主人を見た。

「……なぁ、この店で一番いい酒を持ってきてくれ」

酒場の主人はルキノの頼みに頷き、すぐにグラスやヴィーノを用意してくれた。

「ラファエル、そこに座れ」

ルキノは近くのテーブルの椅子を指差す。そして、ラファエルの向かい側に座り、二つのグラスにヴィーノを注ぎ、片方をラファエルに渡した。

「下町流のやり方で悪いね。腹を割って話すときには、いい酒の力を借りるのさ」

驚いているラファエルに、ルキノはウィンクをする。そして、ヴィーノをぐいっと飲んだ。

あちこちから「もったいねぇ飲み方しやがる！」「いいなぁ、少しくれよ！」「いい飲みっぷりだぜ！」という野次《やじ》が飛んできた。

ラファエルはグラスを持ったあと、少し考えてからルキノと同じようにする。

「なぁ、あんたの優秀な頭脳は、あんたを皇王にする方法を見つけられたのか？」

ルキノがそう切り出せば、ラファエルはグラスを持つ手に力を込めた。

「革命という手段があります。今なら混乱することなく、新たな皇国を作ることができるでしょう」

「は〜、なるほどね」

ルキノはグラスにヴィーノを注ぐ。

ジュリエッタはルキノの表情を見て、それもいいなと考えていることを察した。

（でも、ラファエルが革命を起こしてルキノから皇位を奪ったとしても、あとが大変になる）

レヴェニカ国にいる前皇王夫妻と元皇太子は、新たな国を作ろうとするラファエルに協力するのだろうか。そして、皇族と共に逃げた貴族たちは、新たな皇王ラファエルをどう思うのだろうか。

下手をしたら内乱になる。皇族や貴族たちが「我こそが皇王！」と言い出し、あちこちで兵を集め始めるかもしれない。

「それはみんなにとっていい方法と言えるのか？」

「……あまりいい方法ではありませんね。外の敵をようやく追《お》い払《はら》ったのに、今度は皇国の中に敵を作ることになります」

腹を割って話そうとルキノが言った通り、ラファエルは革命後に生まれる問題点をきちんと述べた。

「俺は皇王としてとか、国のためとか、そういう考え方は苦手だ。それでも大事な話だから、ジュリエッタに任せっぱなしはよくないと思って、自分なりに考えた。……考えたとも」

ルキノはグラスの中のヴィーノを飲み切る。

「あんたはどこまで国のために尽くせる？　いざとなったら首を斬《き》られる覚悟もできているのか？」

誤魔化《ごまか》さずに答えてほしい、とルキノが真剣な表情を見せた。

ラファエルはゆっくり口を開く。

「私はこの国を守り、導きたい。そのためならなんでもしよう」

ルキノは、ラファエルの覚悟へ応えるかのように、自分も覚悟を決めた。

「……俺は皇王として、聖女と結婚しなければならない。そういう誓約をしている」

からになっていたグラスに、ルキノは再びヴィーノを注ぐ。

「だが、誓約はそこまでだ。離婚《りこん》については規定されていないとジュリエッタは言ってい
た。だから、ジュリエッタとは早めに離婚するつもりだ」

ルキノはヴィーノの瓶《びん》をテーブルにどんと置いた。

「離婚したら、俺は新たな皇妃を迎えることができる」

ジュリエッタは、ルキノの話の続きがぼんやりと見えてきた。

——元皇族の女性をラファエルの養女にし、その女性をルキノの二人目の皇妃にする。

これでラファエルはルキノの義理の父親になれる。そして、ラファエルにとって、ルキ
ノと二人目の皇妃の間に生まれた子は外孫だ。

皇太子が生まれるのと同時に、ルキノは赤《あか》ん坊《ぼう》の皇太子に皇位を譲《ゆず》り、ラファエルを摂《せっ》
政《しょう》にして実質的な皇王にする——……つもりなのだろう。

（これなら、最速でほぼ一年後、ルキノは譲位《じょうい》できる）

ラファエルを皇王にすることはできないけれど、これならば……とジュリエッタも心の
中で頷いた。きっとラファエルも同じ思いだろう。

（ルキノ……！　素晴らしいです……！）

自分なりに最善の道をしっかり考えていた。

あのルキノが……とジュリエッタは感動してしまう。

「なんでもすると言ったな？」

「ああ」

ルキノの確認に、ラファエルは頷いた。


「──だったら、女装してくれ」


ルキノのよく通る低い声が酒場に響く。

大事な話を邪魔《じゃま》してはいけないと、みんながひそひそ声で喋りながら見守っていたのだけれど、突然しん……と静まり返った。

誰もがまず自分の耳を疑う。今、ルキノはなんて言ったのだろうか、と。

「女のふりをして、俺と結婚して皇妃になって、共同統治者としてこの国をよりよき未来に導けばいい」

ルキノが真面目な顔で、真面目な口調で、とんでもないことを言い出す。

ラファエルは、ぽかんと口を開けてしまった。

ジュリエッタは、瞬きを繰り返してしまった。

見守っていた者たちは、ルキノの言葉の意味がわからずに首を傾げてしまう。

「俺はあんたの言うことに『それでいい』と頷き続けることを約束しよう。……これが俺の答えだ」

ルキノの顔が、「これでどうだ?」と満足そうなものになっている。

ジュリエッタは驚いてしまった。

ルキノは本気だ。本気でこれが最善の選択《せんたく》だと思っている。

(え?　えぇ⁉　それは……!)

たしかにラファエルは「なんでもする」と言っていた。しかし、絶対にこういう意味ではない。

「………、っ……」

ラファエルがなにかを言おうとして口を動かす。ほんの少し声が漏《も》れたあと、ラファエルは天を仰《あお》いだ。

「っあははははは!　あーっはははははは!　それは本気で言っているのかい⁉」

心底おかしいと言わんばかりに、ラファエルは大声で笑い出す。

今度はルキノが驚いていた。目を円《まる》くして、ジュリエッタへ助けを求めるかのように視線を向けてくる。

「ええっと……」

ルキノは大真面目に考え、その考えを口に出しただけだ。だから、なぜラファエルが笑っているのかを理解できていない。

ジュリエッタはどう説明したらいいのかを必死に考えた。けれども、説明を始める前にラファエルが笑い声を収めて喋り始める。

「……聖女さま。この男には致命的《ちめいてき》な欠陥《けっかん》がありませんか？　皇王としての評価点をとんでもなく減点しなければならない気がしてきました」

「考えることを得意としていないルキノが、精一杯考えてくれたんです……！　私はそれを評価してあげたいです……！」

ジュリエッタが必死にルキノを庇《かば》うと、後ろでテオとマルコが笑い出した。

「お～い、ルキノ。お前、バカ中のバカって言われているぞ！」

「今のはいいバカだったぜ！　一生これをネタに酒が飲める！」

「え～？　らしくなくずっと考えていたのに？」

嘘《うそ》だろ、とルキノが驚く。

ラファエルは手を伸《の》ばしてヴィーノの瓶を摑《つか》み、グラスになみなみと注いだ。

「途中まではたしかに悪くなかった。……けれども、その悪くないは最善ではない」

ラファエルはルキノのグラスにもヴィーノを注ぐ。

「私が考えていた最善の方法は、私に公爵位《こうしゃくい》を授《さず》けることだ」

「公爵位……？　公爵って貴族で一番偉いんだよな、たしか」

ルキノが首を傾げながら呟《つぶや》いたので、ジュリエッタはそうですとルキノに囁《ささや》いた。

「臣下に下った私へ宰相職を与える。――誰もが納得《なっとく》する一番の方法だ」

ルキノは瞬きをする。そういう方法もあることは知っていたけれど、すぐにその方法はぽいっと捨ててしまった。

自分に皇王を続ける気があまりなかったということもあるし、ラファエルが自分の下につくのは納得できないだろうとも思っていたからだ。

「……宰相でいいのか？」

ルキノの不思議そうな声に、ラファエルは肩をすくめる。

「この国には希望がある」

「希望？」

「そう。それはルキノ、君のことだ。――皇国が危機的状況《じょうきょう》になっても国に残り、聖女を招いて不利な戦況をひっくり返し、見事な大勝利を収めた〝救国の皇王〟。民は君という存在に救われている」

ラファエルの視線が右から左に動いていった。

酒場の客はにやにや笑っているけれど、ラファエルの言葉に反論しない。

「希望とは、点数をつけられるようなものではない。民から奪ってはならないとても大事なものだ。……だが、君は皇王として足りないものがあまりにも多すぎる」

ラファエルはジュリエッタをじっと見る。

「聖女さまが足りないところを埋《う》めてくださっているが、それでも埋めきれない」

ジュリエッタは、書類仕事をルキノの代わりにしたり、ルキノに礼儀作法を教えたり、自分にできることならなんでもしていた。

しかし、ラファエルの言う通り、ジュリエッタは皇国生まれの貴族ではない。表に出てこない部分……皇国生まれであれば自然と身につく知識や経験というものがないのだ。

「埋めきれない部分を私が埋めるのであれば、ぎりぎりどうにかなるだろう」

ラファエルは、ヴィーノのグラスを揺らす。

ルキノはしばし考え……ジュリエッタの方を向いた。

「回りくどい言い方だけれど、つまり、俺が皇王でいいって言ってる？」

「はい、そうです」

きっとこの方法は、誰もが最初に思いつくものだ。

――ルキノが皇王、ラファエル元皇子は宰相。

この酒場にいる者たちは、むしろなぜ早くそうしなかったのかと思っているだろう。

「ラファエルはそれでいいのか？」

「言っただろう、なんでもすると。宰相ぐらいやってやるさ」

ラファエルは早々にこの案を考えていたはずだ。しかし、なにも言わずにずっとルキノを見守り続けていた。それはなぜかというと……。

「あとは、ルキノの気持ち次第ということですね」

ジュリエッタの言葉に、ラファエルは頷いた。

「私と聖女さまがいれば、至らない皇王を支えることができる。あとは本人の気持ちの問題だ。どうしても君が嫌《いや》だというのなら、別の方法を考えよう」

ジュリエッタやラファエル、酒場の客たちの視線を集めてしまったルキノは、困ったなぁという顔をしてしまった。

「俺は……どうしても嫌だというほどの熱意もない。他にやる人がいないなら引き受けようかなぁという程度の思いなのは、今も変わりないかな」

ルキノが正直な気持ちを告げると、テオとマルコがテーブルをばんばん叩きながら口笛を吹き、賑やかな声を出した。

「中途半端《ちゅうとはんぱ》なことをするなって妹にまた叱《しか》られるぞ～！」

「たまには男を見せろ！　今カノの前だろ！」

野次を飛ばされたルキノは、おいおいと苦笑《くしょう》する。

「ルキノ！　逃げていった貴族連中に泡《あわ》を吹かせてやれ！」

「あいつらにでかい顔をさせるなよ！　あいつら、戻ってきたら税を絶対に増やす！」

「安心しろ！　お前は顔だけならいいぜ！　その顔で他の国もたらしこめ！」

「てめぇも少しは働け！　妹を安心させろ！」

応援《おうえん》の声があちこちから飛んできた。

中には応援なのかわからない声もあったけれど、それも激励《げきれい》の一つだろう。

「……ジュリエッタ。大事な決断をする前に、相棒に相談したいんだけれど」

ルキノはふっと笑う。

「皇王を続けようかなって思っているんだけれど、どう思う？」

そして、ジュリエッタに魅力的なウィンクをくれた。

ジュリエッタは賢者の杖を握りしめながら、笑顔で自分の気持ちを告げる。

「どこまでも付き合います！　私は貴方の相棒ですから！」

ルキノはラファエルに向かってへらりと笑った。

「そういうことで、よろしく」

ラファエルは、重大な決断の言葉をあまりにも軽い口調で言われたため、呆れた顔をしてしまう。早速、皇王教育をもっとしなければ……というようなことを考え始めた。

「皇王陛下に言わなければならないことは色々とありますが、まずはこの者たちの処分を決めましょう」

ラファエルは、縛られている護衛騎士たちに厳しい視線を向けた。

ジュリエッタは、難しい問題に頭を悩ませる。

皇王ルキノの今後のことを思えば、襲撃《しゅうげき》の事実を公表し、法に則《のっと》った処分をすべきだろう。そこに「勘違いして気の毒だから……」という同情を入れるべきではない。

「ん〜、ならちょっと、俺に任せてくれ」

ルキノは酒場の主人に「ナイフを貸してくれ」と言って手を出す。

「なぁ、ラファエル。主犯ってどいつだ？」

「……ビアージョだ」

「わかった。よっと」

ルキノはなぜかナイフでビアージョの縄を切り、解放してやった。

「無抵抗《むていこう》の奴を殴《なぐ》る趣味はなくてね。……下町流のやり方で処分を決めようか」

皆が再び立ち上がり、瓶やグラス、皿などを手に持つ。

ジュリエッタがどういうことだときょろきょろしていたら、テオが酒場の隅《すみ》でこっちと手招きしてくれた。

「先に一発入れた方に従うってことで。お前が一発入れたら、皇王によく似た黒髪《くろかみ》の男を襲っただけということにしてやる」

こいよ、とルキノはズボンのポケットに手を入れたまま、ビアージョを挑発《ちょうはつ》する。

「ビアージョ、お前もその方がいいだろう？　ラファエルに迷惑《めいわく》をかけずにすむぜ」

ルキノの言葉に、ビアージョは目を見開いた。

主君の意図を読みきれず、大きな迷惑をかけたあとだ。殴り合いに勝つことでほんの少しでも主君の汚名《おめい》返上になるのなら……と覚悟を決め、ゆらりと立ち上がる。

「騎士道なんてもの、こっちは知らないからな。武器はなしだ」

ビアージョはルキノの言葉に頷き、拳を作って身を低くする。

「皇王陛下。騎士は素手《すで》でも強いですよ、鍛《きた》えていますから」

ラファエルの忠告に、ルキノは肩をすくめて答えた。

「それはよかった。手応えがないとつまらないし。……コインを放り投げてくれ。床に落ちた音が合図だ」

ルキノにコインを渡されたラファエルは、ため息をつきながらも人差し指にコインを載《の》せた。……ラファエルの親指が、コインをぴんと弾《はじ》く。

コインはすぐに落下運動を始め——……床に落ちた音が響くと同時に、ビアージョは動いた。ルキノも動いた。

ジュリエッタがひえっと息を吞んだとき、なぜかルキノの近くにあったテーブルがビアージョに突っ込んでいく。

（え⁉︎　えぇ⁉︎　なにが⁉︎）

テーブルと共に床に倒《たお》れ込んだビアージョの胸元《むなもと》を、ルキノが掴む。

ジュリエッタが思わず目を閉じれば、ばきっという鈍《にぶ》い音が聞こえた。音だけでも痛い。

「ルキノの勝ちだ！」

「相変わらず足が長くてムカつく奴だな～！」

「でも、殴るのは下手だな。もっと腰を入れろ、腰！」

酒場の客は足を踏み鳴らし、テーブルを叩き、指笛を鳴らし、ルキノの勝利を讃《たた》える。

ジュリエッタはおろおろしてしまったのだけれど、ラファエルは呆れた顔つきでコインを拾っていた。

「テーブルも武器に入る気がするけれどね」

どうやらルキノは、合図と同時にテーブルを蹴《け》り、ビアージョの体勢を崩《くず》したらしい。そして殴った。

ジュリエッタは反則にならないのかな……と思ってしまうけれど、下町の人たちは大喜びしているので、これが下町流ということなのだろう。

「俺の勝ちってことで。……酒場で顔のいい男と揉めて、それで剣を抜いたけれど殴り返されたって扱《あつか》いにしてやって」

ルキノが殴った方の手を「痛いな～」と振りながら、ラファエルに後始末を頼む。

「甘すぎる処分です。それに、それはビアージョの勝利報酬《ほうしゅう》で……」

「俺の気は済んだからいいよ。それに、騎士の数も足りていないしさ。六人も減ると困るだろう？」

「……寛大なご配慮を賜《たまわ》り、ありがとうございます」

街中の酒場でのちょっとした事件ならば、ラファエルが責任を問われることもない。

ルキノがどこまで考えていたのかはわからないけれど、ラファエルは感謝の気持ちをルキノに伝えた。

「ルキノ！」

ようやく色々なことを呑み込めたジュリエッタは、ルキノに駆け寄る。ビアージョを殴っていたルキノの右手を見てみた。指がかなり赤くなっている。これは腫《は》れてしまうかもしれない。

「緑なす大地の祈り――……」

急いで呪文を唱え、ルキノの怪我が癒《い》えるように祈った。

「癒やしの奇跡《クロノス・ララ・リーリエラ》」

ルキノの右手に淡い光が集まってくる。これできっと、腫れて動かせなくなるという事態は防げるだろう。

「ルキノは皇王ですから、殴らなくても寛大な処分にすることができますよ」

酒場にいた人たちはルキノの味方だ。

見なかったことにしてやってくれと頼めば、そうしてくれただろう。

なにもこんな危ないことをしなくてもいいのに、とジュリエッタが思っていたら、ルキノが指を開いたり握ったりして具合を確かめながら、さらりと問題発言をしてくる。

「殴りたかったんだ。ジュリエッタを泣かせたから」

「……殴りたかったんですか？　寛大な処分にしたかったわけではなくて？　私が……泣いたから？」

ジュリエッタは驚いた。

それを見たルキノは満足そうに笑う。

「俺はさ、ジュリエッタに関係することは『まぁいいか』ですませたくないんだ。このまま終わるのは絶対に嫌だと思った」

いつもは穏《おだ》やかに凪《な》いでいるルキノの翠色《みどりいろ》の瞳が、今は情熱的な光を放っていた。

「ジュリエッタのことを思うと胸が熱くなって、もどかしくて……これだけは自分の意思を曲げないぞってね」

ルキノの告白に、ジュリエッタは困り顔をしてしまう。

「嬉しいと言っていいのかわからないですけれど……」

褒めればいいのか、叱ればいいのか、判断が難しい。

きっとルキノは、ジュリエッタになにを言われても気にしないだろう。これはルキノの心の問題だ。そして、ルキノは自分で決着をつけた。

「あまり無茶なことはしないでくださいね。殴り慣れていないのでしょう?」

ジュリエッタがルキノの右手をそっと両手で包めば、ルキノは握り返してくる。

「素手ではね。普段《ふだん》は瓶を使うからさ。でもそうすると、ジュリエッタは駄目だよって言うと思って我慢《がまん》した」

「……瓶?」

ジュリエッタは、ヴィーノの瓶を思わず見てしまう。

「瓶で殴ったら、危ないですよね?」

「うん、危ないからジュリエッタはやったら駄目だよ。どうしてもやりたいときは、細いところを持って、底を下に向けたままテーブルの角にぶつけて割って、それから殴るといい。底を上にして割ると、瓶の破片《はへん》が自分の手にも飛び散るからね」

「……あの、割れた瓶で殴ったら危ないですよね?」

「うん、危ない」

ジュリエッタは、ルキノから正しい返事をもらっているはずなのに、なにかが違う気がしてしまった。

ラファエルに後始末を任せたジュリエッタとルキノは、皇城に戻ってきた。もちろん、迎えにきてくれたオルランド付きである。

「こんなご時世でございます。どうか、城下を歩かれる際には護衛をつけてください」

「気をつけます」

ジュリエッタは素直《すなお》に謝った。ルキノも軽く「ごめんね」とオルランドに謝っていたけれど、反省した声ではなかったので、次もありそうだ。

（護衛騎士たちの反感を買ってしまったのも、これが原因よね……）

ジュリエッタは、あとでもう一度ルキノに言い聞かせなければ……というようなことを考えながら皇妃の部屋に戻り、着替えてからバルコニーに出る。

――色々なことがあった夜だった。

ルキノとこっそり城下に出て、ルキノの家にお邪魔して、ワンピースを借りた。

酒場というものを初めて体験し、ルキノの友達を紹介してもらった。

楽しくお喋りして終わるはずだったのに、ラファエルの騎士に襲われ、ジュリエッタはルキノと共に逃げ、皇国から出ていく決意を一度はしたのだ。

結局のところ、ラファエルにルキノの命を奪うつもりはなく、勘違いから命を狙われただけだとわかった。ルキノとラファエルは腹を割って話し合い、その結果、ラファエルは宰相としてルキノを支えていくという決意をしてくれたのだ。

「神よ、我らをあたたかく見守ってくださり、ありがとうございます」

ジュリエッタが祈りを捧げていると、隣の部屋から物音が聞こえてくる。

そして……、バルコニーの扉が開いた。

「こんばんは、ルキノ」

「やぁ、ジュリエッタ」

ジュリエッタとルキノの性格は似ていない。

けれども、こうやって同じタイミングでバルコニーに出てくるし、互《たが》いの足りないところを上手く埋め合えるようにできている。

ジュリエッタにとって、それがとても嬉しい。

「一気にたくさんのことがあったけれど、これでようやく一段落かな？」

ルキノの言葉に、ジュリエッタは微笑みながら頷いた。

メルシュタット帝国との戦争が終わり、皇王問題もようやく片づいたのだ。

目の前の難関を乗り越えることは、なんとかできただろう。

「一段落のあとにも、まだまだ問題はありますからね。バレローナ国との戦争は終わっていませんし、戻ってきた皇族や貴族たちと揉めることは間違いないでしょう」

「うわぁ」

「その辺りのことはラファエルが考えてくれているので、とりあえず……」

ジュリエッタは、これからやるべきことの中で、とても楽しいものを口にする。

「戴冠式《たいかんしき》と和平式典です。ラファエルが元々の王冠《おうかん》や王笏《おうしゃく》を持ってきてくれましたから、それを使ってもう一度戴冠式をして、ルキノが皇王であることをはっきりさせ、諸外国にも認めてもらいましょう。まずはそのための礼儀作法の特訓ですね」

「できるかなぁ」

やる気のない軽い返事がルキノの口から出てきた。

ジュリエッタはくすくすと笑いながら「できますよ」と答える。

(こう言いながらも、やりましょうと言ったらやってくれる人だから)

ルキノはいつだって下手なりに努力してくれた。だからジュリエッタはルキノができるようになるまで穏やかに見守ることができたのだ。

「ジュリエッタは教えることが上手だよね」

ルキノが夜風になびく髪《かみ》を押さえながら、穏やかな表情でジュリエッタを見てくる。

ジュリエッタはそうだろうかと首を傾げた。

「俺はきっと、ジュリエッタ以外の人に礼儀作法を教わっていたら、もう皇王なんてやめるって投げ出していた気がする。ジュリエッタがいつもにこにこ笑って教えてくれるから、優しく駄目ですよって言ってくれるから、もう少しやろうかなって気持ちになれるんだ」

すよ」

「ルキノがいい生徒だから笑っていられるんです。それに、教えられているのは私の方で
ルキノはいつだってジュリエッタの手を引き、新しい景色を見せてくれる。

今もそうだ。ルキノの何気ない一言で、こんなにも嬉しくなってしまう。

「ジュリエッタがそう言ってくれるから、俺はジュリエッタのためなら熱くなれるんだと思う。それに、絶対に譲れないって思うこともできる」

「嬉しいですけれど、人を殴るのはやっぱり駄目ですからね」

「ジュリエッタはいい子だなぁ。……そうそう、自分でも驚いているんだけれど、俺はいい子が好みのタイプだったみたい。あと、金髪《きんぱつ》ブルーアイズの可愛い子」

ルキノはそう言ってウィンクをしてくれたのだけれど、ジュリエッタは話を誤魔化そうとしている雰囲気を感じとってしまった。

「ジュリエッタの傍《そば》にいると楽しいよ。自分の新しい一面に気づける」

先ほどジュリエッタが思っていたことを、ルキノも感じてくれている。

ジュリエッタは嬉しくなった。きっと、自分たちは思っていたよりも相性《あいしょう》がとてもいいのだろう。

「今日までありがとう。明日からもよろしく〝相棒《ジュリエッタ》〟」

「はい！」

互いに拳を突き出し、バルコニー越《ご》しだけれどなんとか拳を合わせる。
これからも難しい問題が次々に突きつけられるだろう。
また、絶望を味わうこともあるかもしれない。
それでも、ルキノと一緒なら乗り越えられる気がした。

エピローグ

お披露目《ひろめ》用の戴冠式《たいかんしき》の準備が始まった。

ジュリエッタはフィオレ聖《せい》都市の聖女として出席する予定なので、いつもの聖女の正装でいいし、準備も必要ない。

しかし、ルキノはそうもいかない。

前皇王《こうおう》の戴冠式で使われた衣装《いしょう》は、大きければルキノに合わせて小さくすることもできたけれど、あちこちの長さが足りなかったので新しく作ることになった。

戴冠式、昼食会、茶会、晩餐会《ばんさんかい》……それぞれの場面に合わせた新しい衣装作りを急いで行う。

そして、ルキノは戴冠式での動きや宣誓《せんせい》の言葉を覚えなければならない。前回はエミリオがいちいち指示を出してくれたし、紙に書いたものを棒読みして終わらせたけれど、今回はそうもいかないのだ。

「皇王陛下、婚約《こんやく》指輪の件ですが……」

ラファエルは宝物庫の宝石の一覧をルキノに渡《わた》す。

「婚約指輪？」

「戴冠式の際に、聖女さまに婚約指輪をつけてもらった方がよろしいかと」

「あ……」

ルキノとジュリエッタは、結婚《けっこん》しなければならないという誓約書《せいやくしょ》にサインをしたので、今の関係は〝婚約中〟だ。たしかに、婚約指輪を贈《おく》るべきである。

「頭からそのことが抜《ぬ》けていた……」

普通《ふつう》の男女の関係だったら、ルキノはそろそろジュリエッタに殴《なぐ》られていただろう。

「新たな宝石を買う余裕《よゆう》はありませんし、宝物庫内にある宝石を使いましょう。土台だけは聖女さまに合わせて急ぎで作らせます」

ラファエルがいると、こういうところで無駄《むだ》なことをしなくて済む。

ルキノは礼を言いつつ、宝石の一覧を見た。

「これって、あとは俺やジュリエッタの好みで選べばいいってこと？」

「はい。婚約指輪には今まで様々な宝石が使われていましたので、大きさがある程度あれば大丈夫《だいじょうぶ》です」

ルキノは頭の中で指輪をつけているジュリエッタを想像してみる。

「ジュリエッタなら……ダイヤモンドか、目の色に合わせてサファイア。ああ、ルビーもいいかもしれない」

「聖女さまはルビーを好まれているのですか？」

「いや、ほら、聖女って大きな神聖魔法《まほう》を使うときに目が赤くなるからさ」

ヴァヴェルドラゴンの封印《ふういん》を解除したときも、逆に封印魔法をかけるときも、ジュリエッタのサファイアブルーの瞳《ひとみ》は赤くなっていた。

（でも、式典で大きな魔法を使うことはないよな……？）

だったらやっぱりサファイアかなぁと思っていたら、ラファエルがため息をつく。

「皇王陛下、赤い目の聖女は四百年前の大聖女さまだけです。大聖女さまはドラゴンに縁《えん》のある古《いにしえ》の一族の血を引いている方で、おまけにその能力が濃《こ》く現れたという奇跡《きせき》の存在だったんですよ」

「……聖女なら誰《だれ》でも目が赤くなるんじゃないのか？」

「なりません。古の一族の血を引いていたとしても、血が薄《うす》くなりすぎて、目が赤くなるほどの能力を持つ者はもういません。四百年前の大聖女さまのときでさえも大騒《おおさわ》ぎになったぐらいです」

「へぇ」

「このぐらいのことは皇王としての基礎《きそ》教養です。恥《はじ》をかかないように、歴史の勉強もなさってください。……あとでまたどの宝石にするのかを尋《たず》ねに参りますので、それまでに決めておいてくださいね」

ラファエルは、頭が痛いと言わんばかりに手で頭を押さえながら出ていく。

ルキノは宝石の一覧を見ながら、首を傾《かし》げてしまった。

「見間違《みまちが》い……かな？」

本当にジュリエッタの目が赤くなっていたかと言われると、自信がなくなる。

どちらも大変なときだったし、ずっとジュリエッタの顔を見ていたわけではない。

「失礼します」

「あ、どうぞ～」

こんこんと扉をノックしてきたのはジュリエッタだ。

ジュリエッタはサファイアブルーの瞳をきらきらと輝《かがや》かせながら、手元の書類をルキノのテーブルに載《の》せた。

「戴冠式の進行が書かれているので、一応見ておいてくださいね」

ルキノは次々に渡される書類に圧倒《あっとう》されてしまう。そろそろやる気が尽きそうだ。

「……黄金の馬車？　すごいのに乗るんだね」

「集まった人たちのために、一目で『皇王の馬車』とわかるようにしたんだと思います。当日は、魔導師《まどうし》が周囲にこっそり障壁《しょうへき》を作って、ルキノを守ってくれるので、安心してください」

戴冠式の準備をしているのは、ルキノだけではない。

皇城を出て大聖堂に向かうまでの間、軍が隊列を組んで音楽に合わせて行進するので、その練習も始まっていた。

皇城の者たちは、ずっと同じ曲が庭から流れてくることに、しばらく耐《た》えなければならないだろう。

「あれ？　ジュリエッタはドレスを着ないの？」

「はい。戴冠式も講和式典も、全て聖女として出席します」

「なら、ジュリエッタのドレス姿は、結婚式《けっこんしき》のお楽しみだね。ウェディングドレスはどう
いうのになりそう？」

ルキノからの質問に、ジュリエッタは目を円《まる》くしてしまう。

まだ先の話だと思っていたので、そこまで考えていなかった。

「ええっと……」

「そっか。ゆっくり考えよう。形だけとはいえ、ジュリエッタにとって初めての結婚式に
なるわけだし、なにもかも好きなようにしてほしいな」

ルキノの優《やさ》しさに触《ふ》れ、ジュリエッタは嬉《うれ》しくなってしまう。きっとこういうところが
あるから、女性に好かれるのだろう。

「……ありがとうございます。私は神に仕える道を選んだときに、恋《こい》と結婚を諦《あきら》めました。

でも、諦めているだけで、憧《あこが》れはほんの少しだけ残っていて……」

祝福の鐘《かね》、幸せを祈《いの》る花びら。

純白のドレスを着て、愛《いと》しい人と愛を誓《ちか》い合う。

家族や友達に囲まれて、かかえきれないほどの祝いの言葉を受け取る――……。

「せっかくですから、誓約でしなければならない結婚式だとしても、素敵《すてき》なものにしましょう。ルキノもしたいことがあったら言ってくださいね」

「俺かぁ……なら、ジュリエッタに可愛《かわい》いウェディングドレスを着てほしい。レースがいっぱいあったり、リボンがついていたり」

「可愛い……」

なるほど、とジュリエッタは心の中にメモをしておく。

「わかりました。可愛いウェディングドレスにしてもらいます」

「これからもいろいろ大変だろうけれど、ジュリエッタのドレスの準備だけは俺も楽しみだな」

「晩餐会では美味《おい》しいものが食べられますよ。それも楽しみにしていてください」

「マナーのことが気になって、せっかくの料理の味がしないんだって……」

ここから先は、客人との食事の機会が増える。ルキノも自然と慣れていくだろう。

（私もそろそろワルツの練習ぐらいはしないと……！）

皇妃《こうひ》になったら皇王と踊《おど》る場面も出てくるはずだ。

自分にも学ぶべきことがたくさんあるとジュリエッタが気合を入れていたら、扉の向こうから声をかけられた。

「皇王陛下、失礼致《いた》します」

「どうぞ」

訪問者はエミリオだ。ジュリエッタはルキノの代わりに答えた。

入ってきたエミリオの手には、手紙を大量に載せた銀製のサルヴァがある。

「ありがとうございます。テーブルに置いてください」

「はい」

これは近隣《きんりん》諸国へ送った戴冠式の招待状の返事だ。

エミリオが退出したあと、ジュリエッタはルキノにもわかりやすいように、テーブルの中央をイゼルタ皇国のつもりにして、この国はこの位置……と手紙を置いていく。

「まずはメルシュタット帝国《ていこく》の手紙を開けましょうか」

ルキノはペーパーナイフを使い、メルシュタット帝国からの手紙を開ける。難しい言い回しの文面になんとか目を通したあと、眉間《みけん》にしわを寄せた。

「皇太子《こうたいし》夫妻がくる……らしい？　あと、弟も？」

「ええっと……、はい、そうですね。メルシュタット帝国には和平式典にも参加してもらいますし、皇太子夫妻だけでは手が足りないのでしょう」

この返事は想定内だ。あとでラファエルに伝えておかなければならない。

「レヴェニカ国からの返事はこれです。元皇族の方々の避難《ひなん》先になっていたので、丁重《ていちょう》におもてなしをしましょう。お世話になりましたから」

「俺にとって元皇族は赤の他人だけれど……。ま、遠すぎる親戚《しんせき》なのは事実かぁ」

元皇族たちは急いで戻《もど》ってくると思っていたけれど、避難民の帰還《きかん》が始まったので、馬車も馬も足りず、旅の最中に泊《と》まるところも見つからない状況《じょうきょう》だ。

もう少し落ち着いてから帰国するというようなことが書かれた手紙を、ラファエルが少し前に受け取っていた。

「元皇族の方々は戴冠式までには戻られるでしょうし、その対応も……」

ジュリエッタが今後の説明をしていたら、手紙を読んでいたルキノの表情が変わる。そして、言葉を止めてほしいと言わんばかりに片手を上げた。

（……どうしたのかしら？）

ルキノは真剣《しんけん》な眼差《まなざ》しで手紙を最後まで読んだあと、息を吐《は》く。

「難しい言い回しをしているから、正しく読み取れているかわからない」

ルキノはジュリエッタに読み終わった手紙を渡したあと、封筒《ふうとう》を覗《のぞ》きこんで「他にもなにか入っている」と言い出した。

とりあえず、ジュリエッタは渡された手紙を読み上げてみる。

「我が偉大《いだい》なるレヴェニカ国は、偉大なる王の名の下に、正統なるイゼルタ皇王を助けるため、賊国《ぞっこく》に対して戦《いくさ》を宣《せん》す。我が軍は全力を極《きわ》めて……って、これは……!!」

　これは宣戦布告の文書だ。

　ジュリエッタは急いで最後まで目を通した。

「そんな……！」

　何度も読んでみたけれど、この手紙はやはり正式な宣戦布告である。

「……レヴェニカ国は、前皇王は現在も皇王のままだと主張し、ルキノを皇王として認めず、この国を取り戻すために戦うと言っています」

「これからレヴェニカ国と戦争をするってことでいい？」

「はい……！」

　しまった、とジュリエッタは思う。皇族たちを急いで帰国させるべきだった。

（皇国が国を守りきったことで、前皇王は皇位に未練を感じるようになったのかもしれない。宣戦布告がレヴェニカ国主導で行われたものなのか、それとも前皇王主導で行われたものなのかはわからないけれど……）

　平和に一歩近づいたのに、それが原因で別の戦争が始まろうとしている。

　どうしてこんなことになってしまったのだろうか。

（神よ、どうか我らをお導きください……！）

　レヴェニカ国が前皇王と共に宣戦布告をしてきたということは、こちらと話し合いをする気はないのだろう。

幸いにもジュリエッタはまだ聖女だ。第三者として、できることがあるかもしれない。

「どうしたら……いや、俺が考えてもどうしようもないか。ジュリエッタとラファエル、オルランド任せにするしかないし。……親と戦うラファエルが気の毒だなぁ」

「……皇王になるつもりで帰ってきた時点で、ラファエルもその覚悟《かくご》はしていたと思います。戴冠式は中止にしましょう。急いでラファエルやオルランドたちと話し合いをし、今後の対応を決めるべきです」

戴冠式の準備、避難民の帰国。

わざわざその最中に宣戦布告をしてきたのだから、すぐに攻《せ》めてくるはずだ。

「待って。中に手紙がもう一つ……」

ルキノは、宣戦布告の文書が入っていた封筒の中にあった別の小さな封筒を開く。途端《とたん》、するりと青いリボンが落ちてきた。

「これは？」

ジュリエッタが首を傾げていると、手紙を読んでいたルキノが勢いよく立ち上がる。

「どうかしましたか？」

ルキノの手が震《ふる》えていた。どんな内容が書かれていたのだろうかと、ジュリエッタはルキノが持っている手紙を横から見てみる。

（この字は……女性？　あまり字を書き慣れていない……）

手紙の内容としては、ごく普通のものだった。

――お兄ちゃんへ。私は今、レヴェニカ国にいます。元気にやっています。お兄ちゃんは元気にしていますか？　どうか無事でいてください。アンジェラ
一つの可能性が浮かび上がってくる。

ジュリエッタは青いリボンを見て、まさか……とはっとした。

「ルキノ……！　もしかして、妹さんは……！」

「くそっ！」

ルキノが乱暴にテーブルへ拳《こぶし》を叩《たた》きつける。

ジュリエッタは息を呑《の》んだ。

宣戦布告の文書に、妹のリボンと手紙を添《そ》えてきた。

――これはレヴェニカ国と前皇王からの脅迫《きょうはく》だ。

ルキノが皇国を渡さなかったら、妹の命が奪《うば》われるというあまりにも非道な……。

「俺は……！」

ルキノにとって皇王という地位は、妹と引《ひ》き換《か》えに手放せるぐらいの軽さしかないだろ

う。けれど、彼は今、苦しんでいる。

ルキノはラファエルと皇王問題について語り合い、この国のためにはルキノが皇王のままでいた方がいいという結論を出した。その決断の重さをルキノはわかっているから、皇国を捨てることを躊躇《ためら》っているのだ。

「……ジュリエッタ、駄目《だめ》だって言ってくれ。俺は、……このままだと……！」

悲痛な声がルキノからしぼり出される。

ジュリエッタの胸がぎゅっと苦しくなった。

相棒としてルキノを支えたい。自分にできることならなんだってしたい。

「こういうときは、そんなことを言わなくてもいいんですよ」

ジュリエッタは違《ちが》うと首を横に振《ふ》る。

「私に〝助けて〟って言えばいいんです」

そして、口にすべき言葉を教えた。

「妹さんを助ける方法を一緒《いっしょ》に考えましょう。私が妹さんの代わりに人質《ひとじち》になってもいいですから」

身長差があるから、ルキノがしてくれたように肩《かた》を抱《だ》いてやることはできない。代わりに、ジュリエッタは自分の手をそっとルキノの背中に置く。

「私を信じてください。私は貴方《あなた》の〝相棒《ジュリエッタ》〟です」

ジュリエッタの言葉に、ルキノは目をぎゅっとつむる。そして、ジュリエッタを抱きしめ、肩に顔を埋《うず》め、震える声を出した。

「ジュリエッタ、頼《たの》む。俺の妹を助けてくれ……!!」

それでいいんだと、ジュリエッタはルキノを抱きしめ返す。

「はい！ 任せてください！」

神の導きによって、ジュリエッタは皇国にやってきた。ルキノの妹を救うことも、聖女である自分の最後の役目なのだろう。

ジュリエッタは、大事な人の大事な家族を絶対に取り戻してみせると誓った。

続く

あとがき

こんにちは、石田リンネです。
この度《たび》は新作の『聖女《せいじょ》と皇王《こうおう》の誓約結婚《せいやくけっこん》 1』を手に取っていただき、本当にありがとうございます。

新作ヒロインのジュリエッタは、優《やさ》しく真面目な優等生タイプですが、実は無自覚で付き合う相手を駄目《だめ》にする気満々（守れるし、養う力もある）という、隠《かく》れ個性系のヒロインとなりました。

新作ヒーローのルキノは、顔が取《と》り柄《え》の男で、全てを「まぁいいか」で済ませ、立っているだけで優しい人に養ってもらえるタイプですが、好きな子の前で見栄《みえ》を張るのは当然だと思っているため、ジュリエッタに駄目にされずに済みました。

相手を駄目にする気満々な聖女×駄目にされなかった皇王の相性《あいしょう》抜群《ばつぐん》なコンビ物！が書けてとても楽しかったです。

こんな二人が手を取り合い、平和な未来を手に入れるために様々な奇跡《きせき》を起こしていく物語を、どうかこれからも見守ってください。

『聖女と皇王の誓約結婚』はコミカライズも決定しています！　続報はビーズログ文庫公式サイトや作者ツイッター等でお知らせしますので、こちらもよろしくお願いします！

今回は『茉莉花官吏伝《まつりかかんりでん》　十四《じゅうよん》　壺中《こちゅう》の金影《きんえい》』が同時発売となります。新人文官《ぶんかん》の茉莉花が大活躍《だいかつやく》する中華風《ちゅうかふう》ファンタジーもぜひ一緒《いっしょ》にお楽しみください！

最後に、この作品を刊行するにあたってお世話になった方々にお礼を申し上げます。ご指導くださった担当様、イラストを描《か》いてくださった眠介《ねむすけ》先生（可愛《かわい》いジュリエッタと格好いいルキノに感動しました……！）、当作品に関わってくださった多くの皆様《みなさま》、ツイッター等にて温かい言葉をくださった方々、いつも本当にありがとうございます。これからもよろしくお願いいたします。

最後に、この本を読んでくださった皆様へ。
読み終えたときに少しでも面白《おもしろ》かったと思えるような物語であることを祈《いの》っております。
また次の巻でお会いできたら嬉《うれ》しいです。

石田リンネ

■ご意見、ご感想をお寄せください。
《ファンレターの宛先》
〒102-8177 東京都千代田区富士見2-13-3
株式会社KADOKAWA ビーズログ文庫編集部
石田リンネ 先生・眠介 先生

ビーズログ文庫

●お問い合わせ
https://www.kadokawa.co.jp/（「お問い合わせ」へお進みください）
※内容によっては、お答えできない場合があります。
※サポートは日本国内のみとさせていただきます。
※Japanese text only

聖女《せいじょ》と皇王《こうおう》の誓約結婚《せいやくけっこん》 1

恥《は》ずかしいので聖女《わたし》の自慢話《じまんばなし》はしないでくださいね…！

石田《いしだ》リンネ

2023年3月15日 初版発行

発行者　山下直久
発行　株式会社 KADOKAWA
〒102-8177 東京都千代田区富士見2-13-3
（ナビダイヤル）0570-002-301
デザイン　島田絵里子
印刷所　凸版印刷株式会社
製本所　凸版印刷株式会社

ISBN978-4-04-737403-4 C0193

定価はカバーに表示してあります。
◇◇◇

ビーズログ文庫
茉《まつ》莉《り》花《か》官《かん》吏《り》伝《でん》
才能を見初められた新米官吏の
立身出世物語《シンデレラストーリー》！
月刊プリンセス（秋田書店）
にてコミカライズ連載中！
①〜⑭巻、好評発売中！
石田《いしだ》リンネ
イラスト／Izumi
試し読みは
ここを
チェック★
後宮女官の茉莉花《まつりか》は、『物覚えがいい』という特技がある。
ある日、名家の子息とのお見合いの練習をすることにな
った茉莉花の前に現れたのは、なんと、皇帝・珀陽《はくよう》だっ
た!!　茉莉花の才能にいち早く気付いた珀陽は……!?

予告!
相棒ルキノに
のしかかる新たな危機。
聖女と皇王の誓約結婚
2
恥ずかしいので
聖女《わたし》の自慢話は
しないでくださいね……!
――ジュリエッタは
再び奇跡を起こせるか!?
2023年
夏頃
続刊発売
予定!!